在路上

On the Road

王霆章 著

九州出版社 JIUZHOUPRESS | 全国百佳图书出版单位

图书在版编目（CIP）数据

在路上／王霆章著. -- 北京：九州出版社，2025.
6. -- ISBN 978-7-5225-3933-1

Ⅰ. I227

中国国家版本馆 CIP 数据核字第 2025R9F881 号

在路上

作　　者　王霆章　著
责任编辑　毛俊宁
出版发行　九州出版社
地　　址　北京市西城区阜外大街甲 35 号（100037）
发行电话　（010）68992190/3/5/6
网　　址　www. jiuzhoupress.com
印　　刷　鑫艺佳利（天津）印刷有限公司
开　　本　710 毫米×1000 毫米　　16 开
印　　张　15.5
字　　数　201 千字
版　　次　2025 年 6 月第 1 版
印　　次　2025 年 6 月第 1 次印刷
书　　号　ISBN 978-7-5225-3933-1
定　　价　78.00 元

序言：在路上寻找灵魂的风景

——读王霆章诗集《在路上》

谭五昌

　　作为一位生活在国际化大都市——上海的安徽籍诗人，王霆章内心深处的异乡感和飘零感可以说是溢于纸上的，虽然他在社会与物质层面属于一位成功人士，但诗人的灵魂经常处于一种流浪状态，骨子里存在一种深刻而固执的流浪情结。他在《告别》一诗中如此向世人宣称："我的内心深处／始终埋伏着一位流浪者／此生本无乡／沿途皆风景"。由此可见诗人身上流浪情结之深重。缘于其流浪情结，诗人才对自己"在路上"的漂泊命运有着自觉的体认。王霆章在其代表作之一《在路上》中发出这样的心灵自白："雨水将漂泊的灵魂打湿／只有路才是永远的情人"。在这里，漂泊的灵魂与漂泊（流浪）的命运达成了同构状态。因此，诗人王霆章在流浪的道路上与漂泊的命运中始终执着地寻觅着灵魂的皈依与精神的故乡。灵魂意义上的回家、还乡，成为王霆章诗歌创作中鲜明的主题与心理动机。在《回家，一生千寻》一诗中，诗人痛苦而热烈地喊出了自己的心声："我的灵魂四处流浪／我是一个有过家的人"。十分明显，这里的"家"并不是指物理意义上的屋子，而是喻指精神的家园、心灵的港湾、灵魂的归宿地。王霆章作为一位回家、还乡情结十分浓郁的诗人，其现实的生存与奋斗目标推动他走向上海这个他乡，诗人被迫与自己的故乡（精神意义上）疏离，内心无比焦虑。而当自己直面"五担米奔波""低眉颔首"的现实坎坷时，诗人的思乡之情已经不再属于物理性层面，本质上体现为一种灵魂的渴望，强烈的流浪感促使诗人迫切想要抵达一处能够让心灵栖息的精神彼岸，那是一个能让诗人感到灵魂温暖和充满安全感的地方。所以，诗人终其一生都在追求精神的还乡："我的一生都在还乡/那永远无法抵达的地方"（《断章》）。的确，诗人高度理想化的精神故乡始终难以抵达，童年时代的故乡与乐园业已成为回不去的过往，而客居异乡的流浪感总是挥之不去，于是诗人如此言说："节日里，爱着的人会更加相爱/孤独的人永远孤独/无论你身在何处/当下即故乡"（《节日里》）。失去精神故乡的诗人开始学着在他乡建构故乡，以"当下即故乡"的自我心理安慰，尽力驱除内心的漂泊感与孤独感。

质言之，王霆章诗歌中的回家、还乡属于乡愁主题。乡愁可以说是中国诗歌中最为经典的母题之一。古时无数诗人骚客留下了诸如"日暮乡关何处是？烟波江上使人愁"，"乡书何处达？归雁洛阳边"等这样一些经典性的乡愁诗篇。对于中国古代诗人而言，乡愁的本质主要是其作为游子远离故土、漂泊他乡，交通的不便使游子一旦离乡便难以再归故乡，从而滋生思乡之愁绪。到了中国现当代诗歌阶段，乡愁的含义发生了时代性变迁，在当下（21 世纪）许多具有乡村背景、生活于大中城市的中国诗人的心目中，其地理意义上的、切实存在的乡村故乡或城镇故乡，已经悄然转换成诗人心灵、灵魂与审美意义上的精神故乡了，或者更准确一点说，精神意义上的故乡与物质意义上的故乡完全叠合在一起，难以区分了，因而，当代中国诗人笔下的乡愁情感表达内涵丰富，打动人心，正是在这一意义上，王霆章的诗作《我是一个有过故乡的人》能够唤起人们强烈的情感共鸣，作品中的乡愁体验与乡愁主题表达具有鲜明的时代特质，"故乡"的"失去"表征着今日城市诗人们精神家园的虚化、灵魂的无处安放、文化身份认同的迷茫与焦虑，进而让他们强烈感到"生活在别处"，由此产生不可抵挡的浓郁精神乡愁。从上述角度来看，王霆章思念故乡、思念母亲的诗作《回家》，就是一首非常经典的乡愁诗篇，诗中写道："所谓故乡/就是家所在的地方/所谓家/就是母亲所在的地方"。这些涉及主题的关键性诗句，让人不觉联想到余光中在其经典诗篇《乡愁》中思念母亲的有关诗句与情景描述，在余光中与王霆章两位诗人的诗篇里，"母亲"都成了"乡愁"的生动载体与意象符号了。

作为一名倾向于聚焦精神世界的内向性诗人，王霆章擅长表达灵敏、细腻而深刻的生命感知，诗人通常以真挚、富有力度的诗句道出其丰富多姿的生命体验。其中，诗人对于孤独感的表达最能触动人心。在王霆章看来，人生来就孤独，生命的本质是孤独，人是孤独的朝圣者，在漫长的生命旅程中，人只能独自艰难行走。诗人借当今西方一位艺术名人的去世，表达人生的孤独体验："人生是孤寂的，短促的旅程/尤其在深夜/隔离的人与人/他们疲惫的灵魂/被科恩低哑的歌声所包围/一杯红酒/摇晃着红尘客栈/……"（《科恩之夜》）。这种对于生命孤独的深刻体认，在他的诗作《每个人的内心都有一座空城》中表达得更为深刻、到位，也更为形象、生动。于王霆章而言，人生之所以孤独，是因为诗人渴望与他人建立的亲密关系难以建立，"与美好相关的事物"难以得到，背后的原因在于，人与人之间始终存在不可跨越的心理距离与鸿沟。难得的是，王霆章笔下的孤独书写并不仅仅具有心理学含义，很多时候还具有哲学层面的形而上意味，是一种对生命现象与人生常态的哲理式揭示。例如，诗人在《节日里》一诗中如此言说："孤独的人永远孤独"，话虽质朴，但发人深思。

里尔克在《写给青年诗人的信》中说："其实作为一个诗人来

说，既可以给人的灵魂赋予孤独，也可以给所有孤独的万物赋予灵魂。只要沉思，这就是可能的。"某种意义上，王霆章就是一位孤独的沉思者，他努力赋予万物以灵魂，然后赋予它们以孤独，从而呈现生命的本质。在这一方面，他的《灵魂》《冬至》等诗作颇具代表性。

王霆章诗歌中除了呈现出鲜明的孤独意识外，还呈现出极为鲜明的时间意识。诗人几乎为每个月份专门创作诗篇（例如《一月》《二月》《三月》《四月》《十二月》等），以丰富多彩的意象画面书写自己的季节体验。这些诗作情调普遍较为忧伤，因为诗人痛心于时间的无情流逝。例如诗人在《三月》一诗里这样写道："花儿，要开就尽情地开吧/开着开着就残败了/人儿，要爱就尽情地爱吧/爱着爱着就淡漠了"。诗人情绪消沉的原因，是对时间无情性质的深刻体认。在诗人王霆章身上，时间意识最为典型的表现，便是其死亡意识的自觉彰显。本质上讲，死亡意识是一种"极具严肃性质的时间意识"，二者之间关系密切。在代表性诗歌文本《记住，你会死的》中，诗人如此勇敢而坦率地宣称："记住：你会死去的/我也会/一分为二/肉身来自尘土/必归于尘土/灵魂随风飘逝/成为被呼唤的名字/遗忘或想起/都是后人的事"。这些表达锐利的诗句，具有震撼读者心灵、警醒读者思想的强烈效果，令人醍醐灌顶，印象深刻。在王霆章眼里，时间是流动而短暂的，不存在可逆性和轮回的可能，死亡就是切实的终点，唯有向死而生，才是生命的真谛。所以，在《悼念一位抑郁成疾的歌者》一诗里，诗人坦言人生苦短，要珍惜生命且及时行乐；而在《挽歌》一诗里，诗人表示，需要珍惜生命、爱、花朵、窗帘以及大草坪上自由的阳光。可以说，王霆章身上的死亡意识是其生命悲剧意识的鲜明体现（二者常常合二为一，互为印证），我们在王霆章的《单程车票》《本列火车没有目的地》等诗作中，可以深切感受到诗人的悲剧生命意识，漂泊感、孤独感、荒诞感等负面性的生命感悟与哲思蕴含其中，显得深刻而通透，由此展示出王霆章诗歌写作的思想深度与精神分量。

当然，王霆章诗歌中的情感表达也有非常真挚、温暖、动人的一面，这主要体现在诗人的亲情书写方面。作为儿子，王霆章对于母亲怀有深厚的情感，想起亡母含辛茹苦的一生，诗人内心便涌出无限的悲伤与怀念，他在《挽歌》中这样对母亲倾诉："天使白袍曳地：得失皆身外之物/生不带来，死不带去/母亲，那就让我们带着对您深深的怀念/穿过彼此守望的星空/在这个薄情的世界/深情地活着"。追忆已故的母亲，诗人坦白的话语掏心掏肺，一片深情，令人无比感动。除了亲情，爱情也是王霆章情感世界里重要的精神支柱。只不过，相比亲情的温暖、恒久、单纯与安定感而言，王霆章笔下的爱情表达更为丰富、复杂、多彩。诗人在整体上对于爱情是充分相信与肯定的。《爱情总是正确的》可为此方面经典性文本："我们间隔的距离/恰好是两次爱情之间的距离/如今我坐在你对面/就是坐在了花的对立面/但我依然相信/爱情总是正确的/开始是正确的/结束是正确的/甚至没有发生也是正确的"。诗人以"间隔的距离"比喻分离的爱情，尽管相爱的日子已成为过去，但诗人仍以平和乃至感恩的心态接受一切，并相信"爱情总是正确的。"这种超越性的爱情观念凸显出诗人对于爱情本身的无比珍视。他的《风景区》一诗，则以优美的意象画面、明亮温馨的情调生动传达出了爱情的美好，令人憧憬与向往。而在《七夕》一诗中，诗人则表达了爱情的失意与忧伤，因为诗人在一个属于爱情的日子却没有等来自己的心上人："鹊桥上车水马龙/我最期待的那个人/却始终没有来//你不来/银河再美/都是别人的"。同样，《她在深夜读我的诗》《月亮与玉兔》《昨夜，我和一个陌生人聊起了你》《秋刀鱼》《海伦》《蒙尘的旧物：耳环》等诗篇，也都表达了对自己爱慕女性的思念、惜别、不舍、幽怨、无奈，以及时过境迁后的豁达、感恩等丰富多样的情绪与心态。可以说，王霆章的爱情书写并不单单指向爱情本身，更多是一种象征和隐喻，它代表着美好、纯洁、理想与追求，象征着诗人对青春时光的深情怀念和对真善美的无限向往。

优秀的诗人不但应该具备丰富深刻的思想情感，还必须具备较高的艺术表现技巧与个性化的艺术风格。从这一角度来看，王霆章正是这样一位优秀的诗人，他的诗作既有非常丰富的题材、主题和思想内容，又富有灵活多样的表现技巧与语言方式，内容和形式相互匹配与契合，抵达了颇高的艺术境界。总体说来，"对话体"叙述方式是王霆章诗歌里常常采用的一种创作技巧，例如《蒙尘的旧物：耳环》一诗，就采用了以人物对话为核心来表达人物情感和思想的叙述策略："'我一直都在回家的路上，可总也回不去'……'你的房间一直保持着／你离开时的模样'只有墙反复被刷新／她注视着／从镜子里长出来的苜蓿草／她的日记里，残留着火车汽笛声。"这首诗里，"在回家路上"的是女人，将房间保持原样的是男人，旁白则是诗人自己。这样的艺术表现形式打破了传统诗歌的抒情范式，用"多声部共振"的表现手段，将一段凄美的爱情故事娓娓道来，使得诗歌内容生动而富有戏剧性与感染力，为读者提供了开阔的阐释空间。类似的"对话体"诗篇还有《清明纪事》《那年在马里昂巴德》《局：城市的核心地带》《30号公路上的交通事故》《硬币》《通往斯特拉斯堡的铁轨》《耳语者》，等等，给人留下颇深的阅读印象。

与"对话体"叙述方式相对应的则是诗人采用的"独白体"叙述方式，例如，诗人在《一个父亲的自白》一诗中写道："如果／你选择远方／我愿意做马车夫／在你抵达目的地之后／悄然离去／我的泪水／转身后才会落下"。这里，诗人以自言自语的叙述直接呈现自己的内心活动，用自由的节奏传达自己的情感，以深情而浪漫的氛围来增强作品的整体艺术效果。由此可见，王霆章的诗歌写作在表现技巧与叙述方式上富有个性，其诗歌语言因充满想象力而引人入胜。

其中，《蝙蝠》是最能体现王霆章诗歌语言想象力的一首典范之作："我写诗，因为绝望／更因为我想要超越这种绝望／所以，我从灵魂的洞穴中／驱赶出一群又一群蝙蝠／／蝙蝠倒挂在祠堂屋檐下／让我的世界观显得本末倒置／蝙蝠昼伏夜出／因为牙齿微弱的光亮／／在黑夜深处，这些盘旋的掠食者／需要比黑夜更黑的翅膀／作为乌合之众的一员／因为存在感／令人兴奋异常"。全诗以"蝙蝠"为主要意象，将其与"灵魂的洞穴""祠堂屋檐""黑夜"等元素相结合，突破了常规的修辞法则，以一种独特的气氛打破了传统诗歌中常见的语言与意象，创造出一种新奇、陌生化的表现效果。不过，王霆章的语言想象力不仅停留于遣词造句层面，更多的是体现在其思想精神的深度和开放性方面，如在此诗里，诗人就通过对绝望的直面与超越、对存在感以及对黑暗与光明的辩证性考量，表达了对精神自由的渴望与追求。

简单说来，王霆章诗歌语言风格是质朴、率真、深沉、厚重的，整体上体现为一种鲜明的"中年写作"的审美特征，其诗作《中年中秋意》典型地展示出诗人的"中年写作"特色，背后流露的是诗人的"中年心态"。因此，王霆章的诗歌通常显得深沉、厚重与苍凉，而没有"青春写作"常有的激情、热烈与奔放。不过，王霆章有些诗作也充满了"青春写作"的色彩与韵味，《萤火虫的心事》是此方面的典范文本，全文如下：

"为什么总要／等到雄鸡将天下唱白／你才会高昂着头／让衣裙／鲜艳地飘过／我蛰伏的草丛／你从未想过昨夜／我是怎样孤独而热烈地燃烧／如果你转过身来／我羽翅的每次颤动／都可以告诉你／昨夜曾有过／多么动人心魄的星空"

这首诗以拟人、独白的手法，通过"萤火虫"形象的艺术化描写，极为生动地表达了诗人一种无比孤独、无限热烈、不管不顾的爱情体验，充满了青春般的火热激情。全诗想象丰富、出色，意境优美、壮阔，情感真挚、强烈，极具感染力，令人过目难忘。

通过上述简要论述，我们可以确认，王霆章已经形成了自己较为鲜明的艺术风格，但不时又能展示自己风格的多面性，彰显出诗人创作的丰富性与扎实艺术功力。总之，王霆章属于一位精神自传型的诗人（在这一方面，他与其安徽诗人老乡海子颇为类似），诗人一直在通往精神家园的道路上漂泊，他自觉地以一颗敏感与敏锐的诗心，寻觅灵魂的风景，以执着的姿态塑造出自己充满理想主义色彩的"还乡诗人"形象，在此，我以一个朋友的身份，衷心祝愿诗人未来在寻觅灵魂风景的创作道路上，取得越来越丰盈的艺术收获！

是为序。

2025年3月16日初稿，3月18日凌晨写就，于北京京师园

谭五昌简介：江西永新人。北京师范大学文学院教授，博士生导师，北京师范大学中国当代新诗研究中心主任。海内外具有广泛影响力的诗歌评论家。迄今已出版《诗意的放逐与重建——论第三代诗歌》、《在北师大课堂讲诗》（5卷本）、《新世纪长治诗群研究》、《面朝大海 春暖花开——海子诗歌精品》、《我们散文诗群研究》、《中国新诗排行榜》、《每日一诗》、《青年诗歌年鉴》、《中国儿童诗精选》等学术著作及诗歌类编著七十余种。自2011年起至今，发起并主持年度"中国新锐批评家高端论坛"。

目　录

选　择

保持前行，你才会知道方向对不对

跪着的人

头顶上

无所谓有没有星空

因为习惯于逆光

我前行的速度一直很慢

但我从未退缩

顶着嘲笑与质疑

我甚至没有岁月可辩解

像荒原上的石头

将东南西北风的鞭策

都当作问候

我知道铁树会开花

我相信天若有情，黄昏

谁还能听得见千军万马的击鼓声

谁就是自己的王

戴着荆棘丛生的桂冠

何惧风雨兼程

我绝不放弃内心深处的落花

纵然流水无意

单程车票

向北，向北，再向北
你经过的地方都将成为南方的
温暖记忆

让目光低垂些
否则动机容易泄露出来
动机散落在地板上
地板六神无主

因此，这列火车必须封闭
让金属包裹着时间
刺向夜的更深处
沿途风景和橄榄树
向后——倒下
证明了窗口的态度

但车厢内部
始终是相对静止的
便于旅客看清彼此的面孔

马上和马，见与偏见

刚熟悉就要离开

离开了，就从未出现过

本次列车没有目的地

也无所谓起点

或然或短暂的相遇

将我们骰子般掷在一起

都是持有单程车票的过路人

无论你从哪里下车

立刻就会有人来替代你

特别在冬天里，我想说：

所有的旅人都是客人

相互温暖着才能穿过黑夜

天气就是天意

邻座笑起来牙齿雪白

大家的共同归宿

不过是一个能寄存名字的地方

上上下下

遮遮掩掩

这个熙熙攘攘的世界

只有铁轨冷静又客观地伸向远方

远方，就是方向

方向，却无所谓方向

速度与激情

千与千寻

都被固定在现实的铁轨上

我们最深的敌人

就是自己

当你老了，目光低垂

隐隐约约看见有人在补票

有人大梦初醒

蓦然回首

原来，我们都在同一列火车上

火车就在同一条铁轨上

铁轨所连接的铁

牵引着命运猝不及防的道路

而这列火车本身

才是我们真正的目的地

十一月

回家。如果你有的话

如果你没有

就回到童年去

落叶归根

但是，你要把影子留在原地

十一月适合别离

以后的路就不陪你了

沸腾的，将趋于平和

活泼的，会变得宁静

风吹草低见牛羊

五湖四海都做好了准备

迎接冰点到来

十一月的男人开始独孤求败

在云端，天蟹露出善良的牙齿

晚霞摊开双手，让石头

在记忆深处开花

石头们悬浮在夕阳下

仿佛白云萦绕终年积雪的喜马拉雅
十一月风大
撩拨着心灵与经幡的互动

"你无需再向他人证明什么
你的宿命已无法改变"
裂腹鱼挥舞写有谶语的条幅
站立成望夫崖
望穿秋水
藤与蔓纠缠了十一个月
盛夏的果实
早已被人摘取

雁南飞，这是最接近天堂的时节
也是追梦人最后的抗争
天女散花时受了伤
十一月的光
多以奇数的方式呈现
照亮水塘并折射出许多并蒂莲
我潜伏于西藏以西
同时在上海滩的十字路口
及时踩住了刹车

十二月

"我决定结束这一切"

快拉上窗帘

有人初爱便用尽了毕生的爱

有人宽恕着最深的敌人

有人还没有见过雪

但十二月所凝结的冰点的

回光返照

让忍冬花忍白了头

整个冬天

我都在适应钢琴声的戛然而止

如何让一棵树奔跑

是北风的宿命

随黄河流淌的古老的歌谣

如今已无人倾听

甚至连河对岸的芦苇

也摇摆不定

从前的人

用一棵草就能刺入自己的心脏

在历史的背面

镌刻着十二月党人的墓志铭

大寒，正是回家的时节

趁夕阳还保留着余温

"原谅他们吧，他们不懂。"

后来我戒了相思病

我甚至学会了

在同龄人的葬礼上一言不发

埋伏在红尘深处的众神

都不必醒来

斗转星移

牧马人衔着草

行走于结冰的江湖

可以插入心脏的四叶草

为久谏成仇

十二月适合蓦然回首

如果你内心的灯还亮着

十二月的被窝要更温暖些

如果我们能与自己的肉体和解

如果爱，请深爱

漫天大雪呀

你要将过去十一个月的道路

全部覆盖

祈祷者

我为桉叶祈祷
桉叶在黑夜里舞蹈

我为松树祈祷
松树在雨中奔跑

我为河流祈祷
河流在转弯处歌唱

我为大地祈祷
大地上鲜花盛开

我为你祈祷
你为什么泪流满面

蝙 蝠

我写诗，因为绝望
更因为我想要超越这种绝望
所以，我从灵魂的洞穴中
驱赶出一群又一群蝙蝠

蝙蝠倒挂在祠堂屋檐下
让我的世界观显得本末倒置
蝙蝠昼伏夜出
因为牙齿微弱的光亮

在黑夜深处，这些盘旋的掠食者
需要比黑夜更黑的翅膀
作为乌合之众的一员
因为存在感
令人兴奋异常

既是鸟，又是兽
跨界，尖锐，嘶叫，内疚
抵抗，穿越，猝不及防

我用尽了丛林之力
承载着暴风骤雨般倾泻的月光

然后，天亮了
我将月光收拢于诗歌
我的诗歌因此蛛网密布
我将蝙蝠驱赶出洞穴
洞穴中剩下翘首以待的蝮蛇

安塔利亚

地中海沿岸的热带季风

掠过 D400 公路

我的贝雷帽

因此坠入了悬崖绝壁下的深渊

美，有时是危险的

安塔利亚

跟随我的少年心去流浪吧

让疯狂的石榴树

结出的果实更饱满

把面朝大海的窗子都打开

接受一切

首先要学会面对

相遇皆重逢

生命的旅程如此短暂

不如在蓝色清真寺

和圣索菲亚教堂之间的

独立广场街

买瓶耶尼·拉克酒

邀枣椰树共饮

日月同辉

热气球

乘热气球，关键要趁热

茶凉了，心就凉了

只要行人还在滚滚红尘中

难免杯弓蛇影

患得患失

迟到的幸福，并非幸福

幸福是及时的

所有美好的事物

都是及时的

所谓浪漫

无非让彼此都飘浮在半空中

但我很喜欢这种梦幻般的感觉

因为我始终相信

美好的事物

大多是无用的

譬如画报上的苏菲·玛索

我在爱琴海边吻过你

这并不意味着
我会从你的红唇上带走什么
是的，除了记忆
当我们离开这个世界时
什么都带不走

来乘热气球的男人
本身患有恐高症
他千里迢迢赶到卡帕多奇亚
是被埋伏在内心深处的
那个少年所怂恿
如此说走就走的旅行
让他在异国他乡的
洞穴旅馆
遇到了另一个新的自己

火山口里的悲欢离合
情节流传甚广
但男主角的名字早已被人遗忘
云游天地间
俯瞰芸芸众生
美好的事物，都是短暂的
"无论如何绽放，
晚霞也是一种花呢"
那个少年天真烂漫的声音
让他的膝盖隐隐作痛
痛着痛着痛着
咔嚓一声，热气球就落地了

中年中秋意

回到父母身边去吧

回到孩子的身边去，回家

如果你有的话

从红尘深处

从江湖最远的地方

中秋佳节，是象征团圆的节日

月到中秋

恰似人到中年

和爱的人在一起

就是最幸福的时光

和亲的人在一起

才能看见圆满的月亮

人到中年

如同月到中秋

被夹在岁月中间的各种节日

有些疲惫，有些淡漠

但沿途的风景会愈发清晰
池塘里残荷犹存
道路两边的菊花正迎风怒放

四　月

四月，心事和荒草一起疯长

祭祀者擦拭着墓碑上

多余的阳光

此刻，春风恰好穿过奈何桥孔

油菜花遍地金黄

四月，乍暖还寒时候

逝去的先人们纷纷回首

母亲衣袂低垂依旧

一如她生前教诲我做人的态度

我将这种态度

埋藏于红尘深处

这是四月，人类最接近天堂的季节

四月，有人类最接近地狱的时光

群星在河水中跳跃

因为其中最闪亮的一颗

所代表的意义

我被道路走向四方

柳如烟，门虚掩，天网恢恢

因此我敬畏、清明

鲜血红透了桃花

而母亲牵着儿女的手

始终不肯放开

斜向天空隐形的线

牵挂或飞

是我们恐惧死亡的真实原因吗？

沙漏中，熟悉的面孔

流失的马，迷惘时才能返回家

逝者对生者来说

只是个名字

转眼到了四月

我无法提及废弃在月光下

锈蚀的火车

就这样天窗纷纷被关上

就这样我学会了

在同龄人的葬礼上一言不发

"我们就此分开，彼此不再相欠"

四月适合告别

四月适合泪流满面

四月的光阴多呈长方形排列

四月的爱情

直教人生死相许

内含的光阴，因裂缝

呼之欲出，我盯着墓碑上的名字

蝴蝶在风中翩翩起舞

在落日前一刻

我放弃了对来生来世所有的想象

风景区

因为没有目的地
我走过的地方都是风景区

我走过扎日南木错
格桑花开
我走过香格里拉普达乡
大理花开
我走过刚果河最后转弯的村落
新几内亚凤仙花开

我走过你
你就是最美的花儿

我走过夏威夷，海浪花开
每一朵浪花都知道
我终将是全世界的过客
曾路过你的全世界
假如没有我
蓦然回首

你的星空无所谓月亮

因为没有目的地
我将走过的异乡当作故乡

故乡最温柔的的灯光
是你的目光，刹那芳华
比山盟海誓更真实
合欢花开时
爱是尘世间最动人心魄的风景
我全部的努力
就是让自己
也能够成为你的风景区
而非沼泽地

萤火虫的心事

为什么总要

等到雄鸡将天下唱白

你才会高昂着头

让衣裙

鲜艳地飘过

我蛰伏的草丛

你从未想过昨夜

我是怎样孤独而热烈地燃烧

如果你转过身来

我羽翅的每次颤动

都可以告诉你

昨夜曾有过

多么动人心魄的星空

余 震

首先，你要快乐

其次都是其次

围绕在十字路口的栅栏展翅欲飞

左顾右盼

我们需要心照不宣

栅栏以外的人

皆为外人

而我已习惯了秋天不辞而别

因为我的背影

樱桃红了

你的脸也红了

你说余震

有时比主动更有杀伤力

天气即天意

所以，月亮也需要窗帘的安抚

都是过来人

午夜最后一班地铁上

我们恰好相向而坐

彼此很警觉

怀疑对方心怀不轨

想着想着，终点站就到了

冬日里的阳光

冬日，我喜欢有阳光的日子
空气中弥漫着晴的气息
仿佛一切
都可以重新开始
甚至听得见伤口弥合的声音

被阳光抚摸过的事物
多有温暖的内心
对面陌生人的微笑
像落叶般飘过
让整座城市回旋着善意

午后的阳光下
冻僵的道路开始柔软
手牵手的南风
不约而同
放慢了脚步

而屋檐下梳理长发的少女

也梳理着发中的阳光
光与影互为因果
银杏和梧桐
是否依然还爱着

一　月

在影子被摔碎在路上的同时
手指恰好触摸到年关
其实，年关关不住任何事物
一月的光从来是冷静的
我是没有过去的人
更不相信期待

一月的形状，似刚出鞘的匕首
闪烁着男人锋利的目光
掌握在手的，令手冒青烟
放荡不羁的，譬如水草
还在结冰的江湖中
随波逐流

大家都是演员
还有另一副面孔
如腾空雪橇披着危险的暮色
并随着暮色
从长有青苔的斜坡滑下

然后，进入情感的裂缝中

一月的道路

始终覆盖着雪

一月又一月

时间之尺的刻度线

日见模糊

被肉体包围的灵魂

还能证明些什么

都是成年人

都在眺望远方

谁会穿过不断深入的拱形走廊

抵达忍冬的后花园

那些偏安一隅的忍冬花

如失去效用的四十七枚棋子

孤芳自赏吧

一月适合重新开始

凡可有可无者，皆可无

让残留的微笑

凝结成冰凌

悬挂在寻常人家的屋檐下

炉火逐渐熄灭

唯有久已失传的歌谣

在他和他所守候的岁月周围

隐约回响

每个人的内心都有一座空城

每个人都是寂寞的
有的人微笑着寂寞
有的人唱着歌寂寞
有的人寂寞着寂寞

高朋满座的夜宴之后
此起彼伏的欢声笑语，犹在
他透过残留的殷红酒杯
发现自己最为期待的那个人
始终都没有来，一次也没有

熙熙攘攘的中央车站
大家都在口若悬河地说话
似乎又无人倾听
我捡拾起遗失在座位下的
通往你那里的单程车票
却看到业已过期

你说你是一座空城

经过了那么多人进进出出

仍然是一座空城

你说寂寞

如漫天大雪中的一盏灯

在城市的拐角处

照亮的都是异乡人

每个人的内心都有一座空城

你，我，他，都是过客

无论彼此进入得有多深

我们还是彼此的过客

时辰到了

城门自会洞开

无论风朝哪个方向吹

上路的人都要学会独自上路

灵　魂

人们，总是想方设法
通过各种荒谬的方法
来避免直面自己的灵魂

同时，人们又如此热切地
焦虑不安地，试图
去寻找自己的灵魂

但是，没有人知道
灵魂，究竟是什么

今天，我来到离你最近的地方

这是一段漫长的旅程
今天，我来到离你最近的地方

从星期四的早晨出发
我带着唯一的行囊离开家园
行囊里全部的财富
就是我对自己的期许

我行走了三十五年的路
曾叩响四面八方的门
却没有找到一片天空
能够蔚蓝流浪者的内心

一双脚
要跨越多少险阻才会矫健
一个人
要历经多少沉浮才会坦然
一些朋友失散了
要经过多少思念才会重逢

这是一段漫长的旅程

今天，我来到离你最近的地方

因为热爱，所以无法面对

因为珍惜，所以刻意回避

因为幸福，所以我站在角落里

我要和你一起吟唱

我们共同学会的第一首诗歌

我要和你一起畅饮自己酿的酒

苦与甜，爱和恨

阴晴圆缺，悲欢离合

都不能阻挡我们今天的相聚

从星期四的早晨出发

我始终没有忘记

我们共同拥有的家园

重新回到星期四的天空下

依然保存着那个少年

白衣飘飘的内心

这是一段漫长的旅程

今天，我来到离你最近的地方

冬 至

冬至，深夜包围这间屋子

这间屋子包围我

我包围自己的内心

但我无法阻挡它

破碎的声音

冬至，孤魂长恨歌

围绕焚烧纸钱的火堆取暖

火焰在风中跳舞

熟悉的名字和面孔在火焰中跳舞

先贤的音容笑貌依然

我明白自己的故乡在天堂

冬至，你至我至他也至

都是异乡人

让我们共同举杯

让我们把酒杯碰碎

用孤独的态度反抗孤独

孤独的红尘最深，孤独的人

最适合在最深的夜里

写最温暖的诗歌

蒙尘的旧物：耳环

"我已经死了，但还是舍不得离开你"
她从墓碑里伸出手
格桑花开
她的耳环在春风中叮当作响
"我一直都在回家的路上，
可总也回不去"
她：早已失去听力
却还能听见男人最轻柔的耳语

曾经爱过的男人
赠予她耳环
同时在黑暗中打碎了玻璃杯
碎片插入时间深处
痛，让她背转过身去
并快乐着，让河流与音乐平行

"你的房间一直保持着
你离开时的模样"
只有墙反复被刷新

她注视着

从镜子里长出来的苜蓿草

她的日记里，残留着火车汽笛声

一生都在等待

一生都在失去

生命是有限的

爱是有限的

耳环，作为命运的偷窥者

逼视着尘世间最隐晦的欲望之沟壑

穿过耳环的耳语

是教会她如何面对死亡与复活

最细微的方式

海　伦

星期日，我已经习惯了思念

在寂静无声的午后

南风一丝不挂

我一言不发，整个夏季

然后，我登上通往天堂的客车

邻座笑起来牙齿雪白

她甚至预言

目送我进入暮色的

都将成为稻草人

我曾经有过

叛逆期，遗留给了海伦

她从其中探出头来

星期日，下雨似的回忆

倾斜又私密

南方情绪

——好吧，我承认
我确实迷恋阳光明媚的事物
和南方情绪
仙人掌伸向天空
幸福，是一种能力
通过迷失自我才能实现
少年心
迎风起舞

保持饥饿感
永远热爱
永远热泪盈眶
内心宁静，是幸福的起点
亦是幸福的终点
期间，波澜起伏的
被称为浪漫情怀
随时准备离开

再见，天使湾煽动的翅膀

再见，邂逅的云朵

所有的相遇

都是重逢

鸢尾花儿缓慢慢绽放

更激起我对帆船的蔚蓝色向往

心无所恃

沿途皆故乡

节日里

节日里，时光流逝会缓慢些
如冲出高峡的平湖
让幸福的人更加幸福
悲伤的人更加悲伤

节日里，爱着的人会更加相爱
孤独的人永远孤独
无论你身在何处
当下即故乡

节日里，路灯会更加温暖
如同我对你的思念
举杯欢声笑语
低头泪沾衣衫

告　别

是时候了。银杏的叶子金黄

意味着它们即将飘落

我已双鬓斑白，归去来兮

最想卸下坚硬的面具

内涵的记忆、爱与无悔

都留给深秋吧

风轻云淡，我被江水一再传说

大家都明白

这座城市没有童话

假如，你想得到上天的祝福

请你也祝福我

世事变幻无常，也有不变的事物

我的内心深处

始终埋伏着一位流浪者

此生本无乡

沿途皆风景

不为五斗米折腰

就必须为五担米奔波

我曾叩响四面八方的门，低眉颔首
擦去一甲子的汗水
只为能和你一起喝杯咖啡

我的一生都在追寻
另一株，可以双向奔赴的树
柳树、女贞树、合欢树摇曳生姿
她有肥大的叶片
和纤细的情绪
如此，我们可以在云朵间相互致意
在泥土下根系相连
让播种机颤抖吧
任凭游客指指点点，甚至
我们还可以，在各自浪迹天涯前
执手相看笑脸
转身泪流满面

奈保尔的晚宴

未应邀。与奈保尔共进晚餐

女主人的短裙

比经济增长周期还短

令我们困惑于

墨菲定律和沙盘推演之结果

直到她背转身

走进化妆品市场的后门

留下修长的破折号

依然通红

上菜，那些热气腾腾的

迷途难返的比喻

都拒绝抒情

拒绝把逻辑和线索铺展于台面

作陪的还有大胡子

亚当·斯密

他的盐、白银和情绪

都可用来交易

能交易的才会有价值

有价值就会被伤害

譬如鸽子
从蓝天坠落于青花瓷菜盘里
就体现出另一种价值
"把桌子擦干净"
餐厅老板微笑着露出雪白的牙齿：
"我只想雇用一只手，
却不得不雇用一个人"
一个人，做一个人
是我们所扮演的角色的
非分之想

我坐在奈保尔和天气预报之间
奥斯卡坐在斜对面
"都是演员，别演着演着忘了自己是谁"
甜点比主菜更重要
供求关系始终被搁置在
西北偏北的位置
通货膨胀
下酒菜的色香味都在涨价
如此旁观者才有机会
把自己当成当局者
把梅花鹿指点成千里马

月亮与玉兔

海上生明月，邀我至阳台饮酒

一杯酒，饮下一枚月亮

再来一杯

唤醒内心沉睡的玉兔

与我一起等你

若你如约，来与我对饮

我们碰一次杯

就能碰碎两枚月亮

但你没有来

月亮以最圆满的方式

亿万次来到人间

这一次，又来到离我最近的地方

柳树因此情丝缕缕

天若有情天亦老

婵娟又何妨

暗自神伤

把酒临风，我在阳台上看月亮

纯真的白色

照射万物销魂蚀骨

令人类妄自菲薄

念及粮食，历史深处的水井

士大夫长袖善舞

穿梭在唐诗宋词之间

月亮之下

铁丝网如柳枝般柔软

月亮之下

枪炮声隆隆都似烟花

醉眼朦胧，我远眺巴比伦河

尼罗河与黄河

雅鲁藏布江畔的经幡

以及蜜蜡波桥下

逝去的爱情

人世间漂浮的地球像一座孤岛

海上生明月

邀我至阳台上饮酒

月亮醉了

阳台醉了

你还没有来，庭院深深

玉兔蹑步悄无声息

踩碎了一地月光

斗转星移，亘古未变的月亮

今夜，因为玉兔

以及玉兔捣药的姿态

被东坡的人们反复吟唱

她曾在深夜读我的诗

她曾在深夜读我的诗

枕边人发出的

断断续续的鼾声

多年来她已经适应

但挂在她眼角晶莹的泪珠

他从未察觉

她曾在深夜读我的诗

孤单的台灯下

微微泛黄的诗集略显陈旧

那是她帮着我

精心刻写的油印诗集

她的字如她人一般娟秀修长

初春时节我们携手

在校园的草坪上散步

擦肩的感觉

至今我依然记得

她曾在深夜读我的诗

同学聚会上
她甚至还朗读了其中的一首
掌声如雨
我猛地吸一口烟
失散二十余年
她的音容笑貌依然如故

她曾在深夜读我的诗
其实她知道我们
就生活在同一座城市
我也知道她知道
晚会结束了
同学们挥手道别时
天空忽然划过一道闪电
她回过头来：
"雨季，我会在深夜读你的诗"

在路上

故乡在身后
爱人在远方
生活在别处
我们在路上

在路上，与陌生人擦肩而成知己
在路上，把形形色色的旅馆住成家
从一座城市
走向另一座城市
从一个人走成另一个人
谁，还能听得见掠过耳畔的风声
谁的心就不会迷失方向
风声中，心也许更接近天堂

相遇只是沿途风景的一幕
离别何需折柳
雨水将漂泊的灵魂打湿
只有路才是永远的情人

身在红尘中

忘却目的地

让车轮碾过沙石的低吼声

淹没一切

让速度刺破自我的极限

在无垠的天空下

一个人

愈是孤单

愈是坚强

在路上

不回头

走到底

挽　歌

母亲，很久以前我就明白

每个人都会死的

但是，直到你突然离世的瞬间

我才真正相信

死者会复活

我会一直在这个纷乱的世界等着您

如果到了那一天

您还没有回来

我就去天堂找您

母亲，我是罪孽深重之人

通往天堂的道路将会异常艰难

所以，您要耐心一点

像您生前等我放学回家

玉米粥还是热的

母亲，您曾说自己是卑微的

一生含辛茹苦

只为养儿育女成人

您做到了。您四处奔波的身影

给了我许多勇气

因此，我信任勤劳的人

您在佘山双手合十

更让我懂得了相信的力量

"爱是忍耐，忍耐不是懦弱"。

母亲

您的谆谆教诲我从未敢忘记

至今我还记得

您用盐水为我擦洗伤口时说

不要怕

母亲，您做好了自己该做的一切

以至于撒手人寰时

如此平静安详

像极了熟睡的婴儿

是的，我们都是迷途的羔羊

各自背负自己的十字架

相向而行

教堂的钟声响起时

我曾陪您给贫困孩子捐赠衣物

您牵着我的手很热

孩子们的笑脸很纯净

天使白袍曳地：得失皆身外之物

生不带来，死不带去

母亲，那就让我们带着对您深深的怀念

穿过彼此守望的星空

在这个薄情的世界

深情地活着

退　步

退，就退到石榴的内心
石榴有许多颗心
心心相印
我将成为其中的一颗

退，就退到圆周的起点
起点即终点
大道至简
红尘深处见寺院

退，就退到火焰的发梢
头发乱了
秋风也会跟着乱
乱中取剩

蒙尘的旧物：面具

即使在黑暗中跳舞

我也会戴着面具

这是祖传的成规戒律

童年时期

曾看见爷爷

从坟墓中爬出来

给自己的墓碑戴上面具

墓碑随即发出咯咯咯的笑声

戴着面具远走他乡

他乡即故乡

戴着面具潜入江湖

江湖风生水起

风声散落在善良的石头上

石头赶紧戴上面具

我站在客栈的窗前看风景

风景旖旎

看得见风景的房间

都昂贵得很

夕阳西下，窗帘迎风招展

像旗帜，又像面具

窗帘背后遇见你

以裤带的方式纠缠在一起

你戴着黄金面膜

我戴着面具

但这并不妨碍机器的辨识度

我们在监控下

高潮迭起

由此，我常把自己想象成郎中

可以自愈

直到女儿仰起头：

"爸爸，你的脸上一直都戴着面具"

夜色撩人心弦

为什么不能摘下面具

当我企图摘下自己的面具时

才发现，面具与面孔已融为一体

悼念一位抑郁成疾的歌者

抑郁成疾的人

要学会勇敢地面对自己

放过自己

接近抑郁的，就不要再抑郁了

人生苦短，及时行乐

珍惜生命，远离垃圾人

无论你多努力

总有人在背后指指点点

就让他待在背后吧

活着，是硬道理

余生那么美好

一定要选择能与你

开怀大笑的人在一起

白　粥

"亲爱的，喝多了，
熬点白粥等我回来。"
——"好的。"
这段对话昨夜假想了很多遍
直到快递小哥按响门铃
我才意识到
有些东西确是
需要熬的

后来，我得了相思病
茜茜公主说
相思需要翅膀
天马行空，不着痕迹
青青子衿，悠悠我心
与白粥冒着的热气
如何呼应，这是选择题
而非改错题

成人的世界里，无所谓对错

只有取舍，丢失一颗心

所带来的痛苦

远大于偷取一颗心所带来的欢乐

曾经仗剑走天涯

冲冠一怒为红颜

今晚，我只想喝一碗白粥

孤独的人咎由自取

今晚，全世界都与我无关

无论酒醒何处

杨柳岸，晓风残月

我如此期待你的出现

期待是危险的

你怜惜的眼神可以温暖整个冬天

手里端着一碗白粥

轻轻地对我说：

"您回来了。"

一个父亲的自白

如果　你选择远方

我愿意做马车夫

在你抵达目的地之后

悄然离去

我的泪水

转身后才会落下

如果　你想要

摘取夜空中的星星

我愿意做云梯

但你必须自己去摘

摘　有时

比摘到更加重要

如果　你从象牙塔上摔下

你要学会自己爬起来

我愿意

为你清洗伤口

痛　是成长

不可或缺的一部分

人生是场遗憾的旅行
作为父亲　我有许多愿望
没有实现
但我不会强加给你
你只需跟随自己的内心
勇敢地前行

如果你突然想起
今天是父亲节
我最希望得到的节日礼物
是你还愿意
再牵一次
我的手

记住：你会死的

记住：你会死的
我也会；一分为二   .
肉身来自尘土
必归于尘土
灵魂随风飘逝
如过眼云烟
持有单程车票的旅人
途径的每个地方都是故乡

所有的相遇，都是重逢
不必在意诗和远方
谁的枕边人，不是别人的远方
从你出现的那一刻
我就预感到有什么事情即将发生
透过殷红的葡萄酒，她说
我醉了。那就醉吧
银器在幽暗中闪闪发亮
藏在故事里的故事跃跃欲出
挂在屋檐上的月亮

头发乱了
阳台上吹过风

这些我们都带不走
财富，青春，爱与哀愁
如此组合在一起碎片化的场景
比流水柔软
比心跳更有动感
古老的石拱桥把时间弯曲
隧道将道路虚空
就是反反复复地提醒我们
记住：你会死的

那么，从今生今世开始
从第一粒纽扣起
让我们都放下
投入，宽容，孤独，
做爱做的事情
做仲夏夜之梦
火焰与火焰纠缠在一起
就是要及时发光
在被燃烧成灰烬之前
尽可能地照亮彼此

一只蝴蝶

春天来了，蝴蝶醒了
蝴蝶穿过柳叶间的缝隙
和阳光一起进入我的诗歌
我的诗歌因此柔软
每个字都像一只蝴蝶

正午，我用手掌迎接春风
她们从四方向我围拢
御风而来的蝴蝶
煽动着比喻的翅膀
扇动着江南溪水我的心跳

青草与麦穗之间的泥径
零星有花儿的语言
蔚蓝的天空下
一只蝴蝶
就可以压倒整个冬天的嚣张气焰

格桑花开啦

春天来了

蝴蝶飞呀

蝴蝶落在你的发髻

你是我诗歌中唯一的美人

我是一个有过故乡的人

汽笛声撕裂浮云和道路

将我对故乡的记忆也撕成碎片

碎片散落在站台上

母亲拼命挥舞的手帕突然停止

那一年，我离家外出求学

大水漫过淮河两岸

后来，我一直都在背井离乡

后来，我总是将心爱的人比作故乡

直到外婆业已寒透的尸骨

被重型挖掘机

从她小小的墓穴中挖出，迁坟

我手捧着外婆的遗言

内心知道脚下这故土的伤口

将被建成他人的家园

外婆传给我的护身符，从未敢打开

我敬畏一切来自内部的声音

传承不同于传统

大雪纷飞之夜

我与父亲对饮时醉白了头

落花流水的春天呀

给随波逐流者多一些忧伤吧

我是一个有过故乡的人

在书本里

在田野上

在颠沛流离的世界

我静静地将女儿拥在怀中

然后看着她转身离去

床头柜上的一杯水

这杯水，距离我的指尖渐远
仿佛你的背影
在洞箫声中模糊
旋转的吊灯，疲惫的灵魂
波浪中的帆船
突然被折断了桅杆
灼热的目光在抵达彼岸前
丧失了最后力量

这杯水冷静地站立在床头柜上
睁圆柱形的眼看着我
清澈，自洽，含蓄
恍惚悬空寺外的托钵高僧
俯视着问道者
我口渴，枯萎的花儿
还算是花吗
此刻，谁能把这杯水
递给我，这是个哈姆雷特式的问题

对峙中，这个人和这杯水

共同仰望夜空

隔着玻璃窗

稍纵即逝的璀璨烟花渐次绽放

（但听不见声音）

其实，我知道七夕就要到了

我还想知道，此刻

假如我突然离开这个世界

谁会转过身去

流一些泪水，

我深爱过的女人

栅栏内欢快跳跃的麋鹿

谁还会记得，我曾给她青草的气息

七夕节就要到了

孤独的人是可耻的

能把这杯水递给我的人

你在哪儿

无论你在哪儿

此刻，都与我无关

相濡以沫的鱼，饿狼传说也与我无关

甚至，沧海桑田都与我无关

我盯着床头柜上的这杯水

肉体囚禁了思想，也养育了它

我要竭尽全力够到这杯水

窗外的烟花那么耀眼

此刻，这杯水

就是我唯一的对手

这杯水，盛放着我对人类的全部期待

爱情，从来都是短暂的

明天，当太阳照常升起

首先枯萎的是鲜花

愈显娇艳

愈易老去

我从不期待明天

此刻我拥有的

就是我的全世界

此刻，我是你的黑暗之王

你的怀抱

如故乡般温暖，又虚无

让浪子频频回头

再频频离开

我们都知道

爱情是短暂的

仿佛格桑花瓣上的露水

转瞬即逝

爱情，从来都是短暂的
像极了我的一生
盛夏的果实尚未成熟
转身就到深秋

薛定谔的猫

我是一只猫。埋伏在你内心深处
同时，又与你擦肩而过
在主人看见我之前
我并不存在

但我会和北风一起
撩拨你的窗帘
我在雪地上描绘的梅花
花季都是平行的
因为窥视，我
被称为黑暗之王
如果没有我蓦然回首
夜空无所谓月亮

我知道波光粼粼的光
来自何处
我规定波与波之间的距离
量子的测不准的
摇头摆尾的

慵懒顺从神秘叛逆的猫
都可以和我
一起进入意念的草丛

我是一只猫。薛定谔饲养的
猫走了，而猫还在
这两件事同时发生着，并且
这两只猫确是同一只猫
只有我是异己的
我用最孤独的目光
也未曾打开历史虚掩的门

作为一只自在的猫
我拥有内心的、额头的花纹
通过接受你的抚摸
我洞悉了手掌的所有秘密
在手掌无法抵达的地方
还有另一个我相信
每个人心底都流浪着一只猫
每个养猫的人都被抓伤过

四合院

这座古老的宅院，有两个主人

彼此互不相识

却同时来到朱门前

昨天和明天

先后拒绝了

屋檐的斑白鬓角

东厢房听到

关于自己的传说

白虎堂前流水的脚步声

淹没在令人不安的暮色中

四合院，被四块青石板

包围在唐宋明清间

空洞的历史，如大扫除后的房间

被窗帘撩起

又如搁置在抽屉底层

久已忘却的家谱

虚掩的门朝南

可能性朝南

唯一的道路尘封

持匕首深入老槐树内心

攀援的葡萄藤

就这样失去了风铃的呼唤

两个主人：他和她不期而遇

算术、怀疑、怨恨

都是激情的另一种表达方式

彼此成为对方的人质

就有了共同的方向

沿着北回归线，春夏秋冬渐次穿越

因为从未开放的祖传技艺

被主观描绘的风俗画

展开于楼台左侧

纠缠，是人世间最低俗的关系

独木桥边的身后事

何必在意，轮回的护城河

像时间遗弃在田野的一处伤口

他和她，近在咫尺

她和他，远在天边

四合院中的老槐树，焦急地

在风中摇摆

两个久别重逢的主人

同时来到朱门前

进入的却是第三者

超级月亮

皓月当空，邀我至阳台饮酒

一杯酒，饮下一枚月亮

转瞬鬓发斑白

心中业已熄灭的灯

与我一起等你

若你赴约，来与我对饮

我们碰一次杯

就能碰碎两枚月亮

但你始终没有来

月亮曾以最圆满的方式

亿万次来到人间

这一次，她来到离我最近的地方

江湖因此心旌摇曳

季风在南方流浪

把酒临风，我在阳台上看月亮

纯真的白色

照射万物销魂蚀骨

令人类妄自菲薄

念及粮食，盐，战争中的泉水

恋人们十指相扣

穿梭在唐诗宋词之间

月亮之下

铁丝网如柳枝般柔软

月亮之下

人世间漂浮着一张照片

月亮之下，我远眺巴比伦河

尼罗河与黄河

喜马拉雅山的千年融雪

以及蜜蜡波桥下

逝去的爱情

夜未央，我站在阳台上等你

身体的独立纪念日

应该被记住

还是遗忘

悲欢离合后，还没有好好爱过你

我无法自拔

无家可归的野猫

走过不适应期

踩碎了一地月光

蹉跎岁月，邀我在阳台上饮酒

月亮醉了

阳台醉了

你还没有来

天空中亘古未变的月亮

今夜，因为距离

被送别的人们称为超级月亮

比利·林恩的中场战事

是什么让你热泪盈眶

却让我倒吸了一口凉气

刺刀下鲜血四溅

银幕上烟花纷飞

橄榄球辗转于股掌之间

拉拉队员的短裙比生命还短

你在战场的最前方

她在秀场的侧后方

切换闪回定格

每个角色都有规定的位置

英雄，一旦还原成人

就无法满足美女献身时的想象

每种偶像都有它的原乡

麦加和耶路撒冷

谁堪罪与罚

每个角色都有自己的立场

甚至包括死去的战友或敌人

"当一颗子弹射中你
这颗子弹其实早就出发了"

这是中场战事
开始了就无法回头
这是中场表演
出场费取决于被需要的程度
我坐在黑暗中等你
从电影里走出来

是的，我在等比利·林恩出来
戏总有散场的时候
我想和他一起去喝杯啤酒
作为邂逅的朋友
作为普通人
没有英雄
也没有成功与失败
要知道，能够成为一个人
是我一生的最高理想

一日二餐

早餐

谁做，谁就会把昨夜的情节
烤焦
回味，与煎蛋的香味之间
隔着碎花 T 恤

灵与肉相视一笑
鸽子破窗而出
水蜜桃很饱满，低头
时针是弯曲的

午餐

偷来的时光最暧昧
时光匆匆
一头撞在玻璃窗上
发出砰的声音

蛋糕上的红樱桃
像片刻欢愉
一枚朱砂痣
点在我们的关系之间

柔软的松露
不宜拿捏
故事里的橙汁已被榨干
台布一片金黄

三　月

花儿，要开就尽情地开吧
开着开着就残败了
人儿，要爱就尽情地爱吧
爱着爱着就淡漠了

带有弧线的第一缕春光
源自龙抬头的瞬间
从传说中逃逸的旅人
还习惯撑着油纸伞，那时侯
他们徘徊在唐宋之间
其中一位公子
将桃花扇赠与身边美人
石头随即绽开了笑脸

柔肠百转的溪水边
所有的桃花都在恋爱
栀子花和绯红着脸的
穿旗袍的江南女子
被缠绵悱恻的越剧一再吟唱

燕子们身姿妖娆

让整个三月

多风多云多雨

三月是潮湿的

潮湿的心将更加潮湿

三月是柔软的

铁轨也会化成绕指柔

三月是打开的

能打开的贝壳全部打开

然后缠绕在一起

像水草与水草随波逐流

然后迷惘在一起

像音乐与音乐若即若离

年轻的三月

就是用来挥霍的

千金散尽

恰在柳树下饮完最后一杯酒

一无所有

拥有春风便拥有全世界

石笋破土而出的清晨

执子之手的女人,

将是你一生一世的女人吗

桃花盛开在路边

桃花盛开在心中
指点江山的往来行人
都想知道
下一个三月
在断桥上空掠过的燕子
是否还记得美人
如何收拢那把桃花扇

有　些

有些事情

下雨的时候才会发生

雨停了

就结束了

有些人物

午夜会进入我的梦境

天亮了

就陌生了

有些季节

花朵的情绪是倾斜的

扶正了

就凋谢了

挽　歌

是时候了。让我们更加珍惜生命

珍惜爱与花朵，与窗帘

大草坪上自由的阳光

有些许刺眼

网球场内你欢快的笑声

戛然而止

我们一起看过的电影情节，忘了吧

她献给我的热吻

请不要拿走

葬礼上谁会突然背过身去

呼唤我们来时的路

和晚会中

摇曳的烛光

让哀乐低沉沙哑

替我将送给老朋友的挽联整理一下

我总是在远方

把异乡当作故乡

"哪儿有爱哪儿就是故乡"
此刻，物伤其类的人间与天堂
为彼此取暖
有时光从彼岸传来问候
来来往往地诉说

麻　雀

裂缝，是事物内部透进光的地方

也是好人与坏人之间

互相进入的捷径

通过花瓶，防空洞，散弹枪管

黑夜与白昼交叉

我们在狩猎场安置了栅栏

我要你了解麻雀

最欠缺的是什么，然后

成为那一部分

然后，故事就完整了

但枪法欠缺另一种表达方式

当猫头鹰眼突然睁开

当我进入你

玫瑰盛开的暮春季节

看见两只麻雀

被同时击毙

麻雀，永远无法被人类豢养

也无法指代特定的人
我们给狩猎场设置了栅栏
意味着在安全期内
彼此都是安全的
同时，我们也知道
潜伏在我们身体里的麻雀
随时会穿越栅栏

太阳升起

太阳升起，泪流满面
阳台上花儿很美
总有些事物会沐浴在阳光中
总有些事物
让我们好好活着

太阳升起，灯枯油尽
曾经点亮漫长黑夜的廊灯
我都没有触碰
时光的锁骨
内心的灯却熄灭了

她说的话，譬如朝露
仿佛从未存在
却成为栀子花埋藏最深的记忆
他回首的瞬间
被搁置在抽屉底层

太阳升起，白驹过隙

也有不变的名字

愈是温柔，愈是坚强

在云端相互致意

含着眼泪微笑的花儿叫小薇

布里丹之驴

伴娘要比新娘丑一点

葡萄酒杯要比葡萄酒贵一点

我离你比他近一点

没有这一点

布里丹饲养的那头驴

在两堆干草之间

苦苦思考着已经饿死数百年

在两堆干草之间

我的目光始终与枪口平行

美女与野兽

情人与间谍

交叉点只出现于二律背反处

（此处略去十三行）

你可以杀机四伏

同时春心荡漾

男人，都是特定环境下的动物

常常买椟还珠

再自己钻进楱中

等待另一枚明珠暗投

每至深秋，干草便纷纷扬扬

干草等黄了满头发

布里丹之驴始终没有来

如此温柔的期待

又如此危险

温柔，意味着猎手与猎物之间

一段似是而非的距离

危险，恰似在刀尖上跳舞的蝴蝶

我还记得拜伦兄所言

写诗，谁不为赢得美人的欢颜

但美人误解了他的美意

因为一堆干草

与另一堆干草之间的距离

人间的所有痛苦

都来自于比较

而非处境，亦无关鱼的倾向性

鱼与熊掌兼得

原有两个人可以做到

一个业已死去

一个尚未出生

秋刀鱼

前世有约，今日冬至
让我们同时抵达
秋刀鱼游过北海道
圣诞大雪
秋刀鱼游过叛逆期
富士山大雪

秋刀鱼来到你和我之间
点燃木炭火苗
突然降临
却无法着陆的感觉
被搁置在铁丝网架上方
发出滋滋声响
恰似疯狂的樱花
绽开铃铛
又似茂密的横滨梧桐树
摇曳的思想

叶片肥大明亮。却垂头向下

在云朵上哭泣、大笑

并握紧拳头的

被沙发包围

在味道上捡回了破碎的心

"你是最后一个

让我无法忘却的女人。"

秋刀鱼在火焰上

散发出焦黄的味道

我们还有什么可以失去？

可我们还是失去了

这是个有故事

但不能有童话的城市

当时光凋零

如同我们反复失去的童贞

当木炭成灰

如同我们竭力挽回的童真

然后，秋刀鱼熟了

清酒杯渐冷

和服散落遍地

当我松开牵你的手

坡形的屋顶上厚厚覆盖着

一直在下的雪

后会无期，今日冬至

再然后。让我们各自离开

疤　痕

我的脸上有一道疤痕

桀骜不驯的疤痕

是青春期的副产品

一段时间

我觉得所有人

都在用异样的眼光看我

我曾用化妆品

将疤痕掩饰得纤毫不露

但还是觉得他们

在用异样的眼光看我

疤痕痊愈了

人们继续用异样的眼光看我

特别是我在乎的人

他们说：疤痕已转移到你的心里

你心里的疤痕

尚未痊愈

我们的心里

有形形色色的疤痕

我们的敌人

无所不用其极

过去总和我过不去

天气就是天意

董事长的衬衫好像有点不对劲

男友突然对我这么好

莫非他做了

对不起我的事情

此地无银三百两，何必

掘地三尺

似是而非的

远胜于似非而是

比如你觉得我

对小芳有点暧昧

那我就要真的暧昧了

科恩之夜

人生是孤寂的旅程

尤其在深夜

疲惫的身躯

被科恩低哑的歌声所包围

半杯红酒

散发出缕缕反光

从懵懂少年始

我一直迷恋与美好相关的事物

譬如，懂我的美人

隐匿在夜幕下

我知道她就在某个地方

虽然我们还未相识

业已别离

"我希望被一个美丽的女人爱着

而她却永远得不到我"

因此，我总是对门充满期待

吉他斜挎在身上

半杯红酒摇晃

情何以堪到地老天荒
如果，一切可以推倒重来
"给我也来一杯。"
忽然她款款走进我的房间
指间夹着细长的香烟：
"我是循着老科恩的歌声
才寻找到阁下的。"

饮　者

月黑风高夜，觥筹交错时

轮到你敬我

酒杯突然破碎

和感情的碎片一起

散落在地板上

但酒水依然

保持着酒杯的形状

悬浮在空中

我接过躶体的酒

一饮而尽

现在轮到我敬你了

我将酒杯倒满

端到你面前

却发现杯中已空

在我猜想酒水的去向时

你大醉而归

如此不可能发生的事件

让我对酒与酒杯的关系

充满疑虑

如同我疑虑人与人生关系

不可能的，就是最可能的

惟有饮者留其名

无论今宵酒醒何处

总有人问我们

酒醉前的

酒醉时的

酒醉后的

哪一个你更为接近真正的你

雪 国

雪，一直在下
覆盖了教堂拱顶
祈祷的人头发渐白

从天堂的方向往下看
我双手合十的动作
虔诚如百合

从逝去的岁月往回看
另一个我靠窗坐着
内心的积雪越来越厚

隔着的玻璃窗
冷静而中立
悲欢离合因此全被冻结

主啊
只有这场雪
才能把两个灵魂掩埋在一起

断 章

所有我爱过的女人

都是同一个女人

所有我写过的诗歌

都是同一首诗歌

所有我经过的路

都是同一条路

我的一生都在还乡

却从未抵达那梦魂牵绕的地方

作为人类的过客

不要问我永远有多远

如果你在我身边

请待我以温柔

如果你不在

就永远不要来了

东山的枇杷成熟了

东山的枇杷成熟了
江南女子摘枇杷的姿态也成熟了

去年冬天，绯红着脸的溪水
忽然回过头来：
秋蝉不知雪
枇杷隔岁花
隔得开忘年的情节吗

我曾流连于枇杷树下
尤其喜欢反季节的那些花儿
冰天雪地中
恣意绽放的生命
格外绚烂
但我从未惦念
她青青子衿的果实

一夜春风三百里
吹开两地书

意外收到你寄来的枇杷

剥开白玉果皮

满屋都是成熟的气息

丰满多汁的果实

呈现暮春之城

这也是反季节的性格使然吗

东山的枇杷成熟了

盛放枇杷的竹篓圆润可人

恍惚间杜鹃啼叫声声

唤我重逢东山，她们都在说

黄昏自有良辰美景

漫山遍野的枇杷心旌摇曳

独不见客官的身影

一只蝴蝶

重返故乡，又有了期待的心情
坐在池塘边
我看见一只蝴蝶
停在旧时光的枝桠上

当少年踮起脚尖抵达时
蝴蝶飞了
少女嫣然一笑
头发已斑白

蝴蝶飞呀
我溯背井离乡之路返回
等待自己
从童年写的日记中出来
心如止水的池塘
静静映射着
树枝与蝴蝶之间的关系

嗯，现在的我

坐在过去的石凳上

感觉石凳在一点点融化

然后听到身后

女儿的一声尖叫：

"爸，你的头发上停有一只蝴蝶。"

偶　然

你偶然的一个眼神

就轻而易举地

让我舒展开来

虽然我努力使自己闭合

像手指

你还是一瓣一瓣地

让我展开了

宛若春天

展开她第一朵玫瑰

没有人

甚至连雨水也不知道

这样偶然的眼神

一首诗所能达到的最高境界

心有余力不足

又欲罢不能

他盯着形容词的前缀

空虚中

她已熟睡

依然紧握着动词的词根

秉烛不燃

整个房间却亮了

这是一首诗所能达到的最高境界

清明记事

去咖啡馆需穿过一条街
正好用来遗忘
被缅怀的人
朝南的座位始终空着
适合缅怀的人
也适合春风停在姑娘发梢：
"帅哥，要开心吗"
"谢谢，我的心已经开了"

露天，桌椅在拱形屋檐下展开
依稀有阳光
让孩子格格的笑声漂浮其间
我喜欢这种陌生感
尤其在缅怀后
仿佛与自己也不认识
对浮云说些知心话
再把烟灰缸清空

一杯咖啡。不加糖，无伴侣

看看柳枝在四月里跳舞

又好像没看见

缅怀是偶然事件

内涵意味深长的必然

清明午后，缅怀归来的人

顺道在此坐了一会儿

本列火车没有目的地

向北，向北，再向北
向南也可以
所谓方向
无非是目光所能抵达的地方
请将衣领拉高些
否则你的苹果会掉出来
真相落在地板上
被囚禁的鸟便会破窗而去

因此，这列火车必须封闭
一段金属包裹的时间
刺向夜的更深处
雪花在逆风中渐次开放
沿途的风景纷纷向后倒下
但火车内部的历史
是相对静止的
便于人类看清彼此的牙齿
蚂蚁和马，见与偏见
刚熟悉的邻座就要离开

本次列车没有目的地

开始了

就不要停止

无论你从哪里下车

路灯都会将你照为归人

偶然的决定

必然的结果

将我们的命运放在一起

所有旅客都是诗人

相互温暖穿过黑夜

这是我的态度

流动的车厢，流动的家园

大家都在寻找

可以挂衣服的地方

上上下下

进进出出

不必记住喊过的名字

也不必关心是什么

在牵引时光前行

铁轨将二月分割成两个方向

原本是唯一的方向

对面的女人牙齿雪白

发卡闪闪发光

我被固定在固定的铁轨上

最深的敌人是自己

这是自我放逐的必然之路

诗与远方

面包和玻璃窗

我透过反光看清自己的脸

和你的苹果

我们一同在路上

穿越幽深曲折的隧道

穿越奈何桥

我们一同在路上

这列火车就是我们的目的地

本命年

水瓶座右侧的男人，目光低垂

他，从未去过中途岛

或在真相浮出水面之前

业已离开。然而

水瓶里尘封着他的脚印

一律朝向东南的脚印

牵引浮云衣袂

未经图腾，肉体即精神

十二年翻一座山丘

六十年回一次头

因为长城长

我终生与摇摆不定的绳索

纠缠不清

作为稀缺物种

暴风骤雨后

蜂鸟们目击海浪在礁石上

撞击得粉身碎骨

因此他们学会了习惯黑夜
假装没有见过太阳

假装，黑夜的另一种声音
类似于诗歌
比如蚂蚁
在枯黄的叶子上穿行
这些低微的声音
撒落中途岛
让红杉树的星空大梦初醒

更多的时候
我在董事会一言不发
本命年，戴白手套
"把红裤带系得更紧一点"
外婆谆谆教诲道
属龙的男人，多飘渺
中途岛与自己擦肩而过

那年在马里昂巴德

那年在马里昂巴德

夜漂浮在薰衣草的海里

繁星扑面而来

你的气息扑面而来

"我们就等在这儿看日出吧"

那一年

蝴蝶迷失在阿尔卑斯山的山后

"王，法国方面没有找她的讯息"

我的右脚紧紧踩在刹车上

这种停顿的压迫感

让我体味到作为

一个现实人质的存在

收音机里播放着"威猛"乐队的歌曲

熟悉的旋律带来久远的记忆

那年在马里昂巴德

轻而易受伤的麦垛

静静堆放在教堂塔顶投下的阴影里

我将心爱的风衣
遗失在木质的小旅馆

你斜躺在麦垛上看书
方尖教堂里
传来白色的歌声
那是唱诗班的无伴奏合唱
突然你抬起头来：
"你就是一首不需要伴奏的老歌，
爱你最好的方式就是离开你"
你做到了

我返回木质小旅馆
没有找到穿了很久的风衣
那年在马里昂巴德
我多么年轻，丢失了心爱的风衣
那年在马里昂巴德
我甚至都没有留下一张
穿风衣拍的照片

空椅子

我身边的椅子一直空着

仿佛已经空了

一生一世

坐在街角的

咖啡馆

游人来来往往

但我内心

最期待的那个人

始终没有来

悼念杨绛先生

先生，我这样称呼您
因为我认为
这是对智慧女性的最尊称
相对围绕您的光环
我更敬重
那被光环围绕的本身

先生，您去了天国
这个嘈杂拥挤的世界
从此少了一种声音
您的声音安详、温顺
却响于暴风骤雨的咆哮

先生，连我这样卑微到尘土里的人
也会怀念您的声音
那么多权贵反复地死去
都不曾让我如此怀念

冬 日

冬季，我喜欢有阳光的日子
空气中弥漫着晴的气息
仿佛一切
都可以重新开始
甚至听得见伤口弥合的声音

被阳光抚摸过的事物
多有温暖的内心
陌生人的微笑
像落叶般飘过
让整座城市回旋着善意

午后的阳光下
冻僵的道路开始柔软
手牵手的人们
不约而同
放慢了脚步

而屋檐下梳理长发的少女

也梳理着发中的阳光
光与影互为因果
银杏和梧桐
是否依然还爱着

下　山

天就要黑了

但还没有完全黑

黑得不透彻

恰好模糊是非曲直

下山的路

盘旋在影影幢幢的树木间

转向转向

再转向

原本就无所谓方向

触底，还有底线

在更低处

油箱里的油已不多

越野车像一只受伤的猎豹

追逐着眼前仅有的光

飞蛾扑面而来

飞蛾的尸体

在挡风玻璃上留下点点斑纹

这是无人送别的奔赴

也无人等候

收音机反复播放着伤感的老歌

天就要黑了

我穿过一个又一个

幽深的隧道

仿佛穿过断断续续的

幽暗人生

冷而圆的感觉

双手依然把握着方向盘

局：城市的核心地带

电梯可以打开所有的秘密

李从里面走出来

握我的手

我的手立刻分裂成五种方向

五匹马

纷纷扬起鬃毛

线索与动机

留下惊鸿一瞥

背影总是最后的赢家

底牌是王，或假装是王

赋予旁观者阿拉伯数字的快感

踌躇满志的

点燃香烟的欲望

邻座心机重重

他说：屁股决定脑袋

"决定就是用来推翻的"

如同影子。目的地

可以让横行的斑马线直立起来

设计游戏规则的人

从不上台面

结果往往比运气差一点

就差一点

咸鱼翻过身

长出翅膀，草上飞

丰满的女人，需要名牌

城市的核心，需要名词

沟通：需要听得懂没有说的话

谁会轻易拿到同花顺

如果有，就拿着，拿着吧

等待月黑风高

举重若轻，截获壁虎之尾

也可走第三条道路

凭着第五项修炼

李在理牌

可能性才是要点

想做的和做成的不一样，彼此如此

共同把局做成和局

成交后即忽略对手的存在

30 号公路上的交通事故

初醒的三月，当

被撕碎的阳光的翅膀

在城市边缘扇动

我依然低头站在路口

锈蚀的目光

刺向时间深处

并在最深处

我没想到

会和你的目光剑锋相遇

这时候

广播电台突然停止了

李宗盛的演唱会

广播电台说

三十号公路有交通事故

我已习惯低头行走

我常想每条路都是同一条路

每一条路旁

都会有些无名的花儿

像你的微笑

在风中散发出微咸的味道

让我想起草原和海

许多年以前

你就这样微笑着经过我

擦肩的感觉至今我依然记得

我也曾想象

你经历的那些亮丽的场景

那些分叉的河流

如果是我

如果每一次出走

都只带着行囊和自己

如果每一处伤口

都愈合成相同的疤痕

我敢不敢相信

站在这路口

我这么这么多年站在这路口

就是为迎候你

然后走进你

我走进你了吗

你的眼睛内含一片亚热带湖

游曳着鼓满风的帆

剑鱼、金枪鱼

源自里昂的棕色的汽笛

你的眉

唯一完整的雨林

闪烁着胡杨树

马来西亚松以及

浓烈血色的北京西山

枫叶的气息

恍惚中广播电台说有交通事故

三十号公路是事故多发地段

天下着雨

空气里充满暗示

我们的性格中充满了各种可能性

"这是个陷阱"

你温柔得有点不像你

"是个大陷阱"

我从未像此刻是我

一次又一次

我们都觉得美好得有些不真实

房地产价格一直在涨

重逢愈来愈艰难

你撑一花伞

你和你的微笑

就这样盛开在西湖边吧

打一局冒险的牌

让自己身不由己

三十号公路上有交通事故

广播电台说

什么事情都不重要

除了感情

什么事情都可能发生

你突然就这样

不可抗拒地走进了我

当被撕碎的阳光的翅膀

在初醒的三月

当你的秀发雨一般洒向我的期待

所有枯萎的橡树

都感到了生长的冲动

为犹豫不决的天空

为带有橘黄色顶棚的西湖的船

为姿态

让莲花完全盛开的那一种姿态

然后是持久的平静

是事故发生后的平静

围观者中有我们熟悉的面孔

红、兴龙、丁中华

旭飞还在风中唱白色的歌

这是座没有鸽子的城市

这座城市的人

都在寻找方向，方向

谁能在终点处举起最后的黄手帕

三十号公路是事故多发地段

广播电台说

今天有交通事故发生

是的，如果是

就让它成为一个惨烈的交通事故

漂，浮也

路过你的身体
便路过了你的全世界
放逐自己的灵魂
犹如文学放逐哲学

荡漾思浮萍
和另一片浮萍的异质
却与水共生
迎着光，就没错

白云回到了云南
我还在我中
都想避风
谁是谁的港湾

诸神的面孔
是平行的
下雪的纽约与放歌的成都
同时穿过我的衬衫

穿过我们共享的夜晚

流浪的格桑花

你的花瓣

就是风的故乡

雨水是公平的

雨水落在好人身上
雨水落在坏人身上
雨水落在不好不坏的人身上

雨水落在陆地
雨水落在海洋
雨水落在地平线上

雨水落在青草上
雨水落在石头上
雨水落在长有青草的石头上

雨水落在此岸
雨水落在彼岸
雨水落在奈何桥上

雨水落在我心上
雨水落在你的背影上
雨水落在红葡萄酒杯的碎片上

老球童

我愿在球场一点点老去

挥汗如雨

只为赢得你的掌声

三十回合

伙伴与对手已足够多

但你始终没有来

你不来

输赢无所谓

我会守住底线随天意老去

哀悼日

相对于全人类，今天

我最缅怀外婆

逝去二十年

她的名字余温犹在

她像夜空中一颗恒定的星

只为我照耀

孤寂的人生旅程

今天，是全民哀悼日

除了英雄

还有众多遇难者

相对于抽象的数字

我更希望

每个数字都能有一个名字

可以让熟悉它的亲人

看在眼里

记在心里

汽笛长鸣，让钟声响

飘洒至江河海洋，崇山峻岭

如此辽阔的土地

我相信

为血脉相连

一定会有

也应该有

安置那些

普普通通名字的地方

望春风

春天会迟到，但从不缺席
即使石头戴着口罩
也能听见大地的心跳

我站在阳台上，远眺湖北
被街道隔离的春风
正冲破栅栏

鼓满帆，贯穿长江
樱花飘落处
晴空万里

这是我望来的
受美人之托
思念苏醒的文字

穿行竹林间，细雨如烟
往事掠过我的头发
头发乱了

以此我信爱：三位一体中
望是起点。却总被
漫山遍野的春风覆盖

终年辞

追梦人，以梦为马
星夜兼程此生
踏破铁鞋后
经历之处皆故乡

川流不息，为自由
曲折蜿蜒终不悔
亦敌亦友
谁敢伤别离

嘤其鸣也，爱人何以
遗失了初心
你若蓦然回首
年兽在大雪中睡去

烟　花

在大火中毁灭的
将在灰烬里找回
在云朵上失散的
将在积水中重逢

我不放弃自己的手指
直到整个冬天
全部被点燃
它们都会呈现火焰的形状
因为内心的温度
我存活，我知道我
是人类的过客

我们都是彼此的过客
擦肩引起的爆炸
理所应当
美，从来都是短暂的
像少女的裙边

只需要一根火柴
街道都可以成为导火索
抬起头
我看见天空城的烟花
过程即归宿
夜不归宿

昨夜，我和一个陌生人聊起了你

光阴似箭。但箭的内部
是相对静止的
从一座城市到另一座城市
我喜欢坐在临窗的位置
当城际快车进入隧道，在昨夜
我和一个陌生人聊起了你

你的皮肤，皮肤上的绒毛
绒毛的粗细
细致到记忆最深处
十七年前
悬挂在龙华寺飞檐上的风铃
如今还在响吗
茫茫人海中
淹没了多少种可能性

我坐在临窗的位置
对面的女子
我甚至不知道她的名字

和一个陌生女人
谈论深爱的女人
令我惊愕于自己的
倾诉姿态，难道我们
都是别人生活里的偶然因素

我走出偶然搭乘的火车，窗口
伸出对话女子修长的手臂
和你的手臂一样修长
如此别离的场景
让我用想象力
径直返回到我们分手的车站
我想请你告诉我
最爱的人与最陌生的人
是否所有的别离都是同一种别离

丽江，丽江

来丽江之前
我们素昧平生
离开丽江后
我们将天各一方

彼此擦肩而过
却可让满城鲜花怒放
露与水之间的关系
或比银锁更闪亮

因玉龙雪山映射的时光
红酒摇曳裙摆
流浪歌手长发飘飘
直将异乡当故乡

马帮汉子勇敢的心
已长满青草
泸沽湖女多情的手帕
还攥在手中

古老的手鼓声

能鼓舞你低垂的目光吗

慢下来的心

如何被丽江川流而过

七彩斑斓之心

往云南而去

别来应无恙

何妨天各一方

时光碎片

我已习惯于微笑，习惯离开

习惯变幻迷离的目光

和喜怒无常的唇

去年夏天在天涯海角

一个浪头打来

水面浮出你湿漉漉的脸

海鸟忽近忽远

浮萍时隐时现

游呀，游过来

我掠去嘴角的海草

仰慕的水平有所提高

你斜倚在红绳做的吊床上

你知道你的姿势优美

沙滩有柔软的弧线

你说感情

就像带有拱形圆顶的遮阳草棚

面对大海

让我们从背后进入

一次比一次坚定

每一次都仿佛最后一次

夕阳西下

夕阳坠入海中

丰满的秋季来临，午夜

东坡的柳树醒着

葡萄酒也醒着

红在透明的杯子里娇艳欲滴

蒙召赴宴的人有福了

秋水旁，断桥边

我将手搭在你的肩上

你的肩一阵战栗

摇呀 摇快点

船娘们穿着蓝色碎花长裙

临街的窗一律打开

你说感情就像穿过阳台的风

头发乱了

时光和彩云也乱了

乱就乱吧

传说中的雷峰塔坍塌

现实中还可以修缮一新

我已习惯于微笑，习惯离开

不再追逐

结果和原因

阁楼和二胡演奏

他们之间的互动关系

西山梅花初放

拙政园便已走到尽头

索性到更尽头

没准还有另一条路

廊桥曲曲折折，像你的身体

转呀，转过来

迎香客双手合十

大师们指指点点

诵经的旋律反反复复

江南女子匍匐在神像前

你说感情

是被自己点燃的意念

随青烟袅袅升起

源于需求，又归于需求

寒山寺的钟声响了

我也想了

让渔火点亮所有寂寞的内心

返回总是比出发更快

离城市愈近

人愈羞怯

在更冷的亚布里滑雪

教练有些着急

滑呀，往下滑

开始了就不要停止

中途是最危险的地带

还有故事需要浸泡在温泉里

你说感情

从来都是瞬间的事

像雪橇腾空

雪橇上的人不能失去重心

凡是失去的

都是美好的

夜深人静

我们躺在玻璃屋顶的客栈里

满天星光

都不能成为目的地

从来就没有目的地

人在旅途

在四季嬗变的缝隙中穿梭

只有沿途播撒的种子

那么真切，又虚妄

你说感情

是肉体与精神之间的

一段距离

每当我们背过身去

被我们播撒的那些种子呀

都会生长为成双成对的合欢树

在男人与女人之间

在红尘深处

有肥大的叶子迎风作响

爱情总是正确的

爱情总是正确的。一朵花儿
她的花蕊总是正确的
去年在马德里昂
我们跳完最后一曲探戈
引起了蜜蜡波桥的交通事故

那时钟摆静止于一时十五分
这样倾斜的角度
情节易于相互深入
我们都以为可能改变对方
或为对方改变自己
我们的愿望
差一点改变故事的走向

爱情是一种化学反应
化学反应需要催化剂
催化剂是不可再生的
你打开香槟发出"嘭"的一声

不可再生的，还有天意

当你背转身拉上窗帘

我吐出一串烟圈

并将食指插了进去

我一遍遍回忆，是什么

将塞纳河与黄浦江联系在一起

人面桃花都已红过

我们间隔的距离

恰好是两次爱情之间的距离

如今我坐在你对面

就是坐在了花的对立面

但我依然相信

爱情总是正确的

开始是正确的

结束是正确的

甚至没有发生也是正确的

栖霞的一夜

是什么使清泉

流过长有青苔的石径

你流过我，并且

停留在栖霞山的最深处

我停留在你的最深处

你的故事

如欧石楠花开

在月光下微微战栗

我拥着你，似拥着

一把从未弹奏过的竖琴

想象曾拨响她的手指

如何弹奏小夜曲

想着想着你笑了

你说红，大片的红

透过你的微笑

透过空洞的抚爱

我看见许多破碎的情节

孤单的身影

坠入水中的石头

再不愿意浮起

我们努力使动作坚定

过程柔软

相互淹没的潮水中

企图挽留些什么

天就要亮了

天就要亮了

栖霞寺的钟声

将从四面包围我们

让我们若无其事

让目光碰撞迸发出的

火苗，繁星，泪花

全部洒落今夜的最后一幕

夏之文

夏季如此短暂

像极了人的一生

我对你的爱刚刚开始

榕树就老了

盛极一时石榴的果实

带着殷红心跳

竹篮打水

注定了竹篮受洗礼的方式

夏日巨大的翅膀

将苍鹰的影子

投射在湖面

湖水因此胸怀辽阔

那些机会主义的画面

那些灼热的身体

彼此擦肩而过

也会引起暴风骤雨

我在屋檐下蓦然回首
企图用目光
穿透雨水
抵达我们初相识的地方

我到了，蝴蝶已睡去
你没来，满天繁星毫无意义
只有青草上的露水
听得懂蟋蟀的振翅声

中央公园

当什么都能说的时候
你还能说什么
当你哪儿都能去
还能去哪

坐在中央公园的橡树下
我戴上墨镜
蝴蝶尖叫
我将面具摘下
草地惊愕成一片金黄

如此富有深意的动作
却无人问津
剑桥上
混血儿牙齿雪白
水边的三色堇
与我心底的雏菊交相辉映

中央公园自由的空气中

我仿佛并不存在

没有栅栏

就没有方向

甚至连思念都没有

时差导致的眩晕

让女神像微微有些摇晃

八月的某一天

早安，米兰
早安，八月的某一天

懂我的那些花儿
都开了吧

瑶琴余音犹在
天空已老去

送信的人
还没来

七 夕

愿有情人终成眷属
愿眷属都是有情人
如此，孤单的人便可以更加孤单

鹊桥上车水马龙
我最期待的那个人
却始终没有来

你不来
银河再美
都是别人的

老 树

他在同伴的葬礼上一言不发

他浮光掠影

沧海桑田

他奔跑至原野尽处

像一曲久已失传的歌谣

有陌生的风

漫山野火

将晚霞和他的身体映红

他站在原野尽处

曾指点云朵的树冠

犹如失去翅膀的苍鹰

树荫里热吻的恋人都已老去

树荫也已老去

被烧焦的年轮

带着枯萎圆柱形的寂静

惟青草懂得

听得见他的根延展的声音

朝向土地深处

执拗的

另一种自尊

另一种姿态

略显孤单的身影

让头顶的月亮更加圆润

他站在原野尽处

作为一棵树

面对围观的游客

有时甚至会挥手致意

窗　帘

就是这幅窗帘，拉上
世界便与你无关
拉上，这个房间就是世界
棉布的窗帘
你可以把它看成一幅画
但不要告诉我
画面的意义
意义，都是被强加的

让窗帘就作为一副窗帘
单纯，柔软，舒服
与我和门
与记忆和期待
构成等边三角形的关系
关系，是问题的本质

门必须反锁
时间才不会溜走
抚摸久已尘封的内心花纹

带有弧线的比喻

都是短暂的

短暂是美

不可或缺的一部分

此时此刻

我们看着窗帘

看着它感觉舒服就足够了

硬　币

"正面还是反面？"
她笑起来牙齿雪白
硬币旋转
旋转
消失
桌面上留下一个空洞

"正面还是反面？"
她用手盖住硬币
无名指上的戒指闪闪发光
她拿开手
硬币碎裂成五瓣
像梅花

"正面还是反面？"
硬币在长脚酒杯里叮当作响
酒杯上蒙着红布
她扯开红布
硬币漂浮在葡萄酒中
直立着

雨中奔跑的男人

"你与她有什么关系？"
雨中奔跑的男人
突然停下来
十字路口
影子拔地而起

他的影子，跟随着他奔跑
从徽州到九州
从亚得里亚海到上海
沿着年轮
围绕着由于
他丢失了爱人
丢失了声音
丢失了目的地

他在陌上呐喊，丢失了声音
穿过宽窄巷子
无人响应
但他依然在跑

这是独角兽的宿命

奔跑到哪里

哪里就是道路

雨中奔跑的男人

知道前面有更大的风雨

这与速度无关

关乎姿态

他奔跑

因为路就在那里

雨水打湿的

道路曲折的光阴

都无法让他停下脚步

没有时间伤感

因为手中没有伞

直到红绿黄灯一起闪烁

他停了下来

十字路口

影子拔地而起

影子拔出雪亮的匕首：

"你与她有什么关系？"

飞越美利坚

我要抛下一切

从三万英尺高空

夏天巨大的翅膀下边

有无垠的蓝，归心似箭

又相对静止

仿佛刚刚与你别离

转眼双鬓斑白

我让你幅员辽阔。飞越美利坚

金钱的本色演员

将最后一枚硬币送给了混血儿

飞越自由女神像时

女神说："请系好安全带"

我驾驶着雪弗兰

冲下斜坡

顺势回到大学时代

夏威夷—洛杉矶—波士顿

都曾被拒之门外

海明威与福克纳

指点过额头

我与缅栀子的对手戏

擦肩而过

弹指五十年

剥开龙虾之心

剥开制度的外衣

无垠的蓝

属于我的只有窗外这一片天

我从董事会拂袖而去

身后传来玻璃杯的碎裂声

女儿突然回过头来

"你深爱过一个人吗"

阳光灿烂

让人胆战心惊

飞越美利坚，母亲得了健忘症

路边的松鼠小心翼翼

我被监视着

由此遗忘了故乡

愈是遥远

愈看得清轮廓

最吸引我的

是海滩搁浅的帆船

飞越美利坚

将太平洋倒进茶杯

我啜饮，忘记了给小费

也许是习惯

习惯决定命运

"出界"。网球教练说

棕榈树没有倒下

是为迎接台风

飞机着陆时

机舱里响起一片掌声

她在深夜读我的诗

她在深夜读我的诗
躺在身边的男人发出的
如雷的鼾声
多年来她已适应
但挂在她眼角的泪珠
他从未察觉

她在深夜读我的诗
台灯下
泛黄的诗集略显陈旧
那是她帮着
刻写的油印诗集
她的字如她人一般秀丽
初春我们曾一同
在校园的草坪上散步
擦肩的感觉
至今我依然记得

她在深夜读我的诗

同学聚会上
她朗读了其中的一首
掌声如雨
我猛地吸一口烟
失散二十余年
她的音容笑貌如故

她在深夜读我的诗
她知道我们
生活在同一座城市
我知道她知道
晚会结束了
大家挥手道别时
天空划过一道闪电
她回过头来：
"我会在深夜读你的诗"

咖啡还没有冷

他站在最脆弱的那朵花背后

他始终就这么站着

花也这么站着

黑暗中烟头寂静地燃烧

寂静的人最容易燃烧

她向观众谢幕时掌声四起

她擎着泪水的微笑

让屏幕上忽然下起雨

雨水覆盖了结局打湿他的额头

他依然这么站着

掌声四起，她行了告别礼

该是到了离别时刻

近年来离别开始流行

许多熟悉的面孔

像旧杂志中的照片

顺手就被翻了过去

过去总是美好的

有人这么说

女主角也这么说
电影散场后
她跟着我走下屏幕
我坐在街角的咖啡馆里
她坐在我对面，我们和男主角
构成了等边三角形
"那些情节其实都不是真的"
我当然知道
爱与不爱没那么简单
依依不舍的心情
都泛着黄色

泛黄的照片，贴在天花板上
她在屏幕里踮起脚尖
够了许久也没够到
"其实我并没有爱过他"
人生就是一场戏
男主角的英俊已引起人群注意

我们坐在熙熙攘攘的人群中
人群是被假设的
我并没有告诉他们
咖啡馆的位置
即使音乐和绛紫色灯光
漫上桌面

也没有人知道

我坐在靠窗的位子

喝这杯咖啡

就是想接触一些温热的东西

深秋午夜时分

一个人毕竟有些冷清

面 具

在黑暗中跳舞，我也会戴着面具
这是祖传的规矩
小时候
曾看见爷爷从坟墓中爬出
给墓碑蒙上面具
墓碑随即发出咯咯咯的笑声

带着面具远走他乡
他乡即故乡
戴着面具潜入江湖
鱼贯而入
我站在龙门客栈的窗前
吹笛子
每个音符都经过修饰
这些音符散落在石头上
石头纷纷戴上面具

站在看得见风景的房间里
风景戴着面具

沧海桑田遇到你

沧桑戴着面具

当我们以藤蔓的方式

纠缠在一起时

我甚至希望你也戴着面具

面具有自己的性格

面具有生老病死的规律

这规律我早就知道

直到有一天女儿

忽然回过头来：

"爸爸，为什么你不能摘下面具"

我企图摘下自己的面具

才发现面具与面孔

已融为一体

通往斯特拉斯堡的铁轨

我一直临时居住在这个世界

临时，被一直修饰

犹如蜻蜓被它

尾部的花纹所修饰

无论我抽烟的姿态怎样变化

窗外总有一条

弧线冰冷的铁轨伸向远方

我的居住地换了又换

窗外总有一条铁轨

这种平行的宿命般的逻辑感

让我沉湎于自己的

推导过程无法自拔

"那是通往斯特拉斯堡的铁轨"

春天的童话里

与我并肩趴在窗台上的女孩

用手指着铁轨，忽然

"咔嚓"一声她的食指断了

这种声音立刻深入我的脑海

此后，我与人之间的关系

总是按照"咔嚓"的节奏

发生或结束

千篇一律的节奏

让拉开的窗帘百无聊赖

扎着蝴蝶结的女孩

闪回的也只有她的背影

多年以后，我来到斯特拉斯堡

旅居酒店的窗外

居然也有一条铁轨

"全世界的铁轨

都通往斯特拉斯堡"

导游带我进入绿皮火车

车厢里挂着一幅油画

画中女孩断指的形状

和与我并肩趴在窗台上的

那个女孩一模一样

一直被我隐藏在内心深处的女孩

从画中走下来

她轻声地对我说：

"我的手指还在隐隐作痛"

过河记

我过河了。不停地回头张望

父亲还在河中

摸着石头

父亲一挥手，黄金闪亮

一挥手

美人鱼婀娜多姿

我不停地回头张望

企图唤醒水底的石头

深水区水深

母亲在其中随波逐流

被拆去桥面的桥墩排成行

将河流拦腰截成两段

我已经过河了

影子还浸泡在水里

柔软而冷静地

配合着父亲摸石头的节奏

摸呀摸　摸呀摸

母亲最终停留在

此岸还是彼岸

取决于风朝哪个方向吹

手　势

我的手臂，像一道闸门
抬起来，水便会流出
从我的灵魂深处
流向周围柔软的事物

我抬起另一只手臂
企图阻止这些事件发生
更多的水漫过肉体
汩汩流淌进光阴

两种手势都无法抗拒
猝不及防的人
我收拢起手臂
却无法收拢看你的眼神

耳语者

"我已经死了，但还是
舍不得离开你"
她从墓碑里伸出手
她的体重突然减轻
她的耳环在春风中叮当作响

"我一直都在回家的路上，
可总也回不去"
她早已失去听力
却能听见男人最轻柔的耳语
曾经爱过的男人
在黑暗中打碎了圣杯
碎片插入她身体的时间深处
痛让她背转过身去
痛让河流与音乐复归平静

"你的房间一直保持着
你离开时的模样"
只有墙反复被刷新

她注视着

从镜子里长出来的苜蓿草

她的日记里

残留着火车汽笛声

她一生都在等待

她的一生都在失去

生命是有限的

爱是有限的

耳环作为命运的偷窥者

逼视着尘世间

最隐晦的欲望与时刻

穿过耳环的耳语

是教会她如何面对死亡与复活

最细微的方式

回家，一生千寻

我从东方回家
我从西方回家
我从南半球回家
我从北半球回家

穿过秦时明月汉时关
穿过辛亥硝烟
穿过天安门
穿过八十年代的晨读声

我从耶路撒冷回家
从罗马教廷
从巴黎圣母院
从可可西里的无人区回家

回家的路线
是我一生千寻的几何题
我的灵魂四处流浪
我是一个有过家的人

海子，我选择用最安静的方式怀念你

我从不信任无缘无故的热爱
更不信任无缘无故的怀念
我祭奠逝去的人
是因为活着的亲人

因为姐姐的德令哈
我在江南望穿明月桥孔
因为呜咽的马头琴
黑夜里世界多了一种声音
因为面朝大海
我观察人类的目光
是蓝色的

海子，我怀念那些孤寂的
遥远的无限的蓝
我怀念在麦地
安静写诗的少年
当你的名字漫天飞舞
我选择用最安静的方式怀念你

你口含麦穗，手持雨水

给独角兽以爱情

给蒙古少女

草原上最白的骏马

你留在西拉沐伦河边的木屋

最适合流浪者

在漫天大雪中探望母亲

海子，我是在黑夜深处

仰望星空的人

透过那些突然停止的蓝

我看得见你在天堂

头发依旧凌乱，海子

我是在红尘深处等你的人

我一直在等你

从圣殿里走出来

穿过迎风招展的旗帜

熙熙攘攘的集市

你默默地来到朋友们身边

嘭的一声打开啤酒瓶：

——"兄弟，干了"

春天里

春天无语，万物生长
草木无言，春心荡漾
春天的时间呈露水的形态
如果我消失了，就从未出现过

春天的时间
也会呈竹笋的形状
虽不够硬朗，但足以破土而出
你细微的一个眼神
就能让整个南山的野花
翩翩起舞成蝴蝶

但你没有，你身体里的小兽
依然沉睡着，等待着
另一头小兽的召唤
溪水潺潺流过我
等待，是成长的必然过程

春风化雨丝

于无声处已将岩石浸透

浸透的还有我的目光

我热切地想进入你

内心的洞穴

又恐洞穴里惊蛰的青蛇

咬伤春天的脚步声

回　家

回家
归心似箭的人
面对的每条路都通往故乡

所谓故乡
就是家所在的地方
所谓家
就是母亲所在的地方

路灯扑面而来
带着母亲无声的呼唤
白云如白发
漂浮着游子无尽的思念

回家
回家过年
我要回到母亲的身边

诗是写给自己看的

诗是写给自己看的
自己喜欢了
伤口就愈合了
愈合的声音
拔出来的匕首听得见

因为忍冬的花
诗中的我有时会侧身出来
坐在现实的我对面
一起喝咖啡的慢动作
让彼此低首静安

如有别人也喜欢
诗的桥
把目光与目光连线起来
拱形的金属的弧线
经过风雨后
成为引力之虹

站在桥中央

看得见两岸善良的芦苇

蓝天上白云在微笑

内心深处的积水

一滴一滴地滴入时间的河流

水东流三十年

而水依然

这样的隐喻让我感到幸福

生命如此短暂

使用一些朴素的文字

就能够说明

自己到这个世界来过

重阳节乘动车从成都往西安

登高望远
王维兄弟少的一人找到否
牛山今安在
谁曾为齐景公拭去泪水
清照将珠帘卷起
又放下，再卷起

大雁南飞我往北
北望长安
无人送酒
一杯清咖有淡淡的苦味
列车如时光飞逝
多少江山美人
打窗外——掠过

人生苦短
没有时间忧郁
沿途黄花笑起来花枝乱颤
既然选择了远方
我们只管风雨兼程

芳　华

终老一生
人们往往就活在几个瞬间
譬如此刻
我身披八千里路风月
只为与你相见

至于此刻
万籁俱静安
在你心坎上跳舞的蝴蝶
每一声尖叫
都会引起亿万年之后的海啸

因为此刻
我准备了三生三世的桃花
进入你
方懂水之物语
离开你，金属柔软

散落在月光下的情节

随风飘扬的碎片
故事或事故
我万念俱灰时念着的
都与你的眼神有关

这是比烟花还要短暂的
刹那芳华啊
稍纵即逝
如果你背转过身去
就再也看不见我泪流满面

沐浴米勒画中的光

我喜欢这些安静的阳光

谦卑的灯光

和母亲照看婴儿时

慈祥的目光

主说：光是好的

于是就有了光

从米勒的心底流淌出来

铺洒在他的画中

屋顶覆盖着朴素的茅草

天使们穿着普通衣裳

甚至连温顺的海浪

也是低垂着头来到人间的

秋　分

晚安，菊花阳台
晚安，望穿秋水的人

日趋遥远的天空
已被鸿雁分割成两部分

无论你心属何处
我始终都是你的另一部分

让你完整
是我存在的意义

让人间圆满
这是月亮存在的意义

在月圆的时候爱我吧
其余的时候去爱全世界

盛夏的果实

阳光是静止的
时光也是静止的
微风穿行其间
微风掠过我的发梢
果园的果实熟了

这是盛夏的果实
她们被收拾在内心的篮子里
尚未熟透的
依旧挂在记忆的枝丫上
洋溢着我的汗水

我劳作、收获、享受
普通的生活
一切都是最好的安排
甚至蝴蝶的尖叫
都可以被倾听成背景音乐

没有人能打扰我的幸福

没有人让我羡慕

盛夏，随着果实逐渐丰盈

连失去的爱人

也成为我的一部分

蝴 蝶

春天来了，蝴蝶醒了
蝴蝶穿过柳叶间的缝隙
和阳光一起进入我的诗歌
我的诗歌因此而柔软
每个字都像一只蝴蝶

正午，我用手掌迎接春风
她们从四方向我围拢
煽动着比喻的翅膀
扇动着江南溪水我的心跳

青草与麦穗之间的泥径
零星有花儿的语言
蔚蓝的天空下，一只蝴蝶
就可以压倒整个冬天的嚣张气焰

春天来了
蝴蝶飞呀
蝴蝶落在你的发髻
你是我诗歌中唯一的美人

摆渡船夫

三十年河东三十年河西

三十年执一长篙　于波涛中

有客自彼岸来

有客到彼岸去

时间滴落水面溅起船的声音　水东流

而水依然　吐纳日月星辉

生与死

那些熟悉的名字和鸟群飘向四方

手执长篙　如执一修长的大笔

在长河上抒写苍苍诗句　梦境中的河流

以太阳为句号　自伤口切入历史深处

风语的深处和

被渔火点燃的深处

祭奠魂灵的仪式开始了

我们看见你

像一粒骰子在时间苍白的脸上翻滚

感官刺痛　有人赚了大钱

回到渡口

回到已成废墟的家园

目光炯炯

比古人更古

无需桥　无需带有弧形的线索

无需任何凌驾于河流之上的盟约

连你们也像孤岛一样消失在茫茫人海中

裂变总是从内部开始

内部的内部

已被水冲积成一片细沙

雨季将临

雨季将临

谁，谁始终在禁闭的河流表面

以目光和自己的一生交战

于胜负交界处　被称为船夫

笑看芦花飞扬　鹤展翅　紧勾扳机的手指

执一长篙　如拥唯一的知己

在此岸与彼岸之间

来来往往

黑暗中的事物

即使在最黑暗的夜里
我们也会抬起头仰望星空

另一片星空，收敛于石头内部
点亮了，石头便通体亮了

我知道你时常举起手掌迎接风
迎接风中隐匿的讯息

我绝不向他们出卖自己的声音
保持沉默，背转过身去

愈是黑暗的地方
愈是需要戴着面具

彼此看不到内心
大家都安全

这是古老的丛林法则，然而

总有少数植物在溪水中悄然生长

总有少数植物在溪水中野蛮地生长
总有少数植物在溪水中引领着溪水的方向

一　月

总是在路上，心安即归处
归处是用来离开的
他不相信记忆
也不相信期待
当下的时光最锋利

一月的形状恰如一柄
青铜匕首，闪烁着男人持久的沉默
握于手中的，令手冒青烟
生平所热爱的事物，仿佛水草
依然在带有弧线的河流中随波逐流

还有另一副面孔，已锈蚀成马鞍
披着危险的暮色，透过黄昏
从长有青苔的斜坡滑下，再滑下，然后
进入思想的裂缝中。一月始终覆盖着雪

又是新年，时间之尺的刻度日渐模糊
被肉体包围的肉体能证明些什么

或者，他会穿过不断深入的拱形走廊
抵达忍冬最隐秘的后花园。从一月开始
那些疯狂绽开的，偏安一隅的忍冬花
如失去效用的第四十七枚棋子
被反复吟诵，唯残留的微笑凝结于冰
新旧嬗变之间，有久已失传的歌谣
在他和他所守候的岁月周围隐约回响

泪水中归来的王者

让时间停止，让天空渐渐沥沥地下雨
让罗兰加洛斯的天使全部飘落红尘
共同凝视这个高举火枪手杯的男人
潸然泪下的费德勒
众望所归的法网冠军

真性情的费德勒爱哭
优雅的英雄也需要宣泄情绪
澳网，伤心落泪
法网，喜极而泣
两次落泪之间
爱人米尔卡默默看着你埋头苦练
米尔卡孕育的小生命也激励着父亲
永不放弃

永不放弃，让迷茫的目光变得坚毅
永不放弃，上苍终将眷顾坚持的心
坚持有时意味着一切
守着自己的梦想就是

守着仅存的意义

从泪水中归来的王者站在世界之巅
飘扬的长发上的风已渐渐平息
四年漫长的等待与煎熬
所有的质疑都被画上句号
这个奖杯好沉，费德勒如是说
天时地利人和
圆满即归零

全满贯，是结局更是开始
所有的对手都会在下次比赛中等着你

深夜的莫扎特

雨水洗过的手放在额头上
雨中的门始终开着
但无人问津
我把自己埋在沙发里
就这样和莫扎特面对面坐着

满屋子音乐
满屋子青鸟欲往外飞
蓝窗帘像一片湖
莫扎特和我坐得很近
像久未相逢的朋友促膝谈心

然后他走过来
他将手放在我的额头上
他对我说是时候了
他让我觉得我们是平等的
孤独的人都是平等的

就这样他陪着我等了又等

雨中的门始终开着

如果有青丝变成了银丝

你会不会突然想起

我和莫扎特还一起在深夜里等你

摆渡船夫

三十年河东三十年河西
三十年执一长篙，于波涛中
有客自彼岸来
有客到彼岸去
时间滴落水面溅起船的声音，水东流
而水依然，吐纳日月星辉
生与死
那些熟悉的名字和鸟群飘向四方

手执长篙，如执一修长的大笔
在长河上抒写苍苍诗句，梦境中的河流
以太阳为句号，自伤口时间深处
风语的深处和
被渔火点燃的深处
祭奠魂灵的仪式开始了
有人像一粒骰子在时间苍白的脸上翻滚
感官刺痛的一瞬，有人赚了大钱
肩负同伴的尸首，回到渡口
回到已成废墟的家园

目光炯炯

比古人更古

无需桥

无需任何凌驾于河流之上的契约

连你们也像孤岛一样消失在茫茫人海中

裂变总是从内部开始

雨季将临，雨季将临

谁，谁始终在禁闭的河流表面

以目光和自己的一生交战

于胜负交界处，被称为船夫

笑看芦花飞扬，鹤展翅，紧勾扳机的手指

执一长篙

在此岸与彼岸之间

来来往往

梭罗的瓦尔登湖及其他

（一）

寂寞是一种境界
打破后才能被我们懂得

梭罗喜欢沿着瓦尔登湖走路
他认为走路比乘车快
节省了挣够车费的时间
又能让旅途本身成为目的地

梭罗常常坐在阳光下看树叶
梭罗从一片叶子就看透了春夏秋冬

（二）

世界上有多少湖
就有多少寂寞的天才
埋伏在湖边

天才大多戴着斗笠

斗笠大多是自己编织的

天才的一生只写一部诗集

他用手杖指点湖水

之后安息在自己的诗句中

（三）

梭罗选择的栖身之所

是他一直在寻找的精神家园

因为是梭罗的精神家园

瓦尔登湖便成为了梭罗的湖

湖在中国的一些地方

又被称作海子

跋一：漫不经心，大道至简

杨四平[1]

现代社会日常生活逐渐趋同，但仍有诗人能从日常生活体会出人生百味。王霆章就是这样的诗人，他的诗歌富有讽刺力度，同时体现着对生命情感、四时物候的细腻感知，他秉持着诗歌创作的初心，言志亦言情。诗不仅仅是对个人经验的记录，更是对生命与时间、故乡与异乡、羁旅与波折的深刻探索。王霆章的诗歌运用简练的语言，一方面描画出了现代社会冷漠和异化的场景和身在其中随波逐流的人们，一方面又能以细致入微的笔调写出对传统、故乡和亲人的无限眷恋，呈现出诗人丰富的精神世界。

诗集中多有细腻的笔触，描绘了人与人、人与世界之间的复杂关系。他的诗歌常常以家庭和亲情为写作主体，"外婆""母亲""女儿"是他着重描绘的对象。在《我是一个有过故乡的人》中，他写道"外婆传给我的护身符，从未敢打开/我敬畏一切来自内部的声音/传承不同于传统"，世界变化莫测，城市的扩张吞噬了记忆中的故地，被迫迁出的不仅是先人的坟墓，还有诗人心中的归属感。在《挽歌》中，诗人写道"母亲，很久以前我就明白/每个人都会死的/但是，直到你突然离世的瞬间/我才真正相信/死者会复活"，

---

① 杨四平：上海外国语大学教授、博士生导师，著名诗评家。

因为有亲情的抚慰，死亡也不是不可以面对的事情。如《面具》中女儿询问后诗人发现"我企图摘下自己的面具/才发现面具与面孔/已融为一体"。这就延伸出王霆章诗歌的另外两个主题，一是对逝去和故乡的追忆，一是对现代社会的讽刺。

诗人在《蒙尘的旧物：耳环》《记住：你会死的》《耳语者》等诗中，以真诚的姿态描绘生死之事，读者可以读到"如此组合在一起零碎的场景/比心跳更有动感/石拱桥把时间弯曲/把道路虚空/就是提醒我们都会死去的"，"火焰与火焰纠缠在一起/就是要及时发光/在被燃烧成灰烬之前/尽可能地照亮彼此"。诗人从细微处着眼，并不渲染生死之可怕亦或离去的哀伤，而带有千帆过尽、向死而生的哲思之感，那么人生应该怎样度过？在诗歌《单程车票》中，火车象征着人生的单向性与不可逆性。"原来，我们都在同一列火车上/火车就在同一条铁轨上/铁轨所连接的铁/牵引着命运猝不及防的道路/而这列火车本身/才是我们真正的目的地"。没有目的地，似乎暗示着人生的旅程没有终点，但其实每一个瞬间都是独特的、无法重复的，火车本身就是目的地，这体现了诗人在淡然之下的乐观与畅达。

而对于异化当代人的社会，王霆章也不吝啬讽刺之笔。在《奈保尔的晚宴》等作品中，通过对现代生活场景的描写，表达了对物质主义、消费主义的批判，奈保尔、亚当斯密等名人，不过是诗中人物拿来装点自己的标签。在诗人看来光怪陆离的场景像是一场场闹剧，幽默之中警醒着读者向内找寻真实和人生的意义。

王霆章是一位拥有着丰富经验的诗人，诗中多以景物、月份和节气作为标题，异国情调的浪漫和对四时物候的体验交织一处，显得张力十足，颇有杜审言"独有宦游人，偏惊物候新"之感，如《安塔利亚》《风景区》《布里丹之驴》等。而在《四月》《十二月》《冬至》《端午节》等作品中，他通过对季节变化和民间习俗的描写，表达了对时间流逝的无奈之感，同时又在传统之中得到安定的力量；再如《冬至》"冬至，你至我至他也至/都是异乡人/让我们共同举杯/让我们把酒杯碰碎/用孤独的态度反抗孤独/孤独的红尘最深，孤独的人/最适合在最深的夜里/写最温暖的诗歌"，朴素的行为能击溃人生中的冰冷，一日三餐中蕴含着生活的哲理。

王霆章追寻着"大道至简"的诗歌写作姿态，他的诗歌集充满情感与哲思、语言简练富有力量、意象丰富而有张力，如诗中所言"秉烛不燃/整个房间却亮了/这是一首诗所能达到的最高境界"，看似在写平平无奇的物候与日常景物，却有着无限可解读的空间。

跋二：真水无香

王舒漫[1]

　　一本好诗集，就像忆到深处的灵魂觉醒到了"不著一字，尽得风流"的审美极境。诗歌从来不是语言的装饰，而是语言的真相和后视镜。诗人用超越性的视域去瞭望整个世界，再与永恒的精神觉知力在现实中相遇，相通。

　　让我们站在生命本质的制高点上，观览诗家王霆章写诗四十余年对思想深度的追求和他的心路历程，这一切从诗家内视开始到走向自觉，形成了对诗学的"立言"。

　　诗是温暖的溪岸，当心中充满爱时，血液里就会循环着理想与热情，这是安放神思，"在路上"收集万丈霞光。诗家王霆章做到了。

　　人生就是一本大书，过往皆为序章，而每一个册页都可以见证诗人如何将汉语新诗推向智慧的极限痕迹。正如诗家王霆章始终强调"因为热爱，所以敬畏，所以坚持"。他崇尚追寻失落"在路上"的真、善、美，和诗与远方的审美意象。

　　对于这样一位创造力和想象力无比丰富的诗家，我相信读者自然十分好奇，想多知道一些他的创作经验思维方式。杜夫海纳认为

---

　　①　王舒漫，当代诗人、画家，独立学者。

"艺术是超越语言"的，一句话，诗以语言为本就是一条出路。诗家霆章多年来强调写诗一定要有"独立的灵魂——独立的思想——独立的文字"。

这，足以让我们感受到诗的本性就是他自己，其中也包括你、我、他。把诗与活生生的人与生活、爱，联系在一起。这样的诗与诗人值得我们敬佩与尊重。

当我们打开书，就像打开诗家的人生，在词语与物象的缝隙凿出卓越的精神向度。在我看来，诗家王霆章的诗学实践近乎一种语言镜像的力学，在确定性与不确定性之间，在情与真之间，在美学与后现代解构之间，建立稳健的张力场。

我想说的是，当你手捧诗集《在路上》，一定会为作者的真性情和如汩汩流泉的笔底文思而呼唤，为那些看似朴素，实则蕴含很深的诗行而慨叹。

这种写作是对汉语诗性本质的深度开掘。诗人像一位在宋画里触摸石榴的呼吸，在诗歌语境中焕发出新鲜的生命力。值得注意的是诗中独特的语言时空，少年的记忆与未来想象在当下时刻发生时间的弯曲。这种时空的变形术不是技巧的炫耀，而是对存在本质的深刻洞见。当众妙之门在诗人笔下打开，每个词语都是通向蓝色的星空。

这是一种高度自觉的现代性诗学，这种诗学不是简单的风格选择，而是对汉语新诗的极限探索，是对现代诗歌精神困惑的深度回响。

当我们阅读这些优秀诗作，实际上是在参与一场跨越时空的精神宣誓。词语在这里不仅是表达的媒介，更是将我们内心最幽深的情感、最深邃的思考、最本真的存在状态，转化为可见的光谱。

这部诗集不仅仅是一位诗人的创作总结，更是诗歌春天再次繁花似锦的一次重要见证。它提醒我们在这个浮躁的时代，诗歌依然是照见存在本质的明镜，是安顿灵魂的精神故乡。

当我们在词语的迷宫中寻找出口时，或许会发现，诗歌本身就是通向自由的密境。

值得一提的是，从本书整理到付梓出版，感谢许多诗友以多种方式对本书提出宝贵意见，尤其是华东理工大学《星期四诗社》社长陈群帮助诗稿的收集；北京师范大学博士生导师谭五昌教授积极举荐出版社并撰写序言，上海大学博士生导师杨四平教授鼎力支持撰写评论，等等。在此谨致谢忱。当然，倘若有疏漏错缪，则咎在我。

最后要说的是，愿每个翻开这部诗集的朋友，都能在思想词语镜像中，照见自己。真正的诗歌从不被书写，它永远在作者、读者的血脉里重生。

2025 年 3 月 14 日于沪上

评　论

立意高远，纵横跌宕

——王霆章新诗集《在路上》审美镜像的自由突破

王舒漫①

在路上，与诗同光。诗歌就是你前进的动力。新体诗中，首先适者生存，故多元性和创新意识是前提。其次，站在历史的高度，如何融合发展，让思想照亮思想，也是时代的使命，以至若干代诗人的革命性的课题。

一、远程构思，意味隽永

诗人创作上的责任和良心是语言的探险。值得提及的是任何优秀作品后面都站着诗人自己。谁能捍卫母语，谁就能透视生命。

真水无香。我与诗人王霆章的相识始于他的一首诗《听得见风声的后花园》。多年来一直亦师亦友，更确切地说我们是志同道合者。在我看来，诗人霆章可以说是当代诗坛一位极具睿智的诗人。

---

① 王舒漫，当代诗人、画家，独立学者。

从诗家人格秉性上讲，王霆章有三个方面让我极为敬重。其一，他带着坚定的人格精神和诗人的良知，半个世纪如一日地坚持着对诗歌的执著与守望；其二，他带着一颗澄澈的诗心和仁慈体验汉语诗歌的真谛；其三，他带着深厚的学养和情怀去挚爱诗歌，慎思笃行，对诗歌事业无私奉献。他毫不掩饰地亮出自己纯粹的诗歌品格鉴照自己。从这个意义上讲，这，很是了不起。

让我们从诗家霆章诗的第一个层面的诗意开启我们的思路。

在路上，诗人霆章怀抱春秋，行吟千里，锲而不舍地坚守，追寻与聆听生命精神的回声。对于思想的诗人和诗意的思者，海德格尔认为："人是能言说的生命存在。"首先，我认为这个世界从不缺少写诗的人，而是缺少人品、诗品统一融合的诗人，缺少具有魏晋风骨的"真性诗人"。毫不夸张地讲，诗人王霆章当属其中。其次，霆章的诗无需作过度的阐释，他诗中的真善美和觉知力自然会打动读者，使读者与作者的诗心同在，同理与共情。

比如：《在路上》

　　故乡在身后／爱人在远方／生活在别处／我们在路上／在路上，与陌生人擦肩而成知己／在路上，把形形色色的旅馆住成家／从一座城市／走向另一座城市／从一个人走成另一个人／谁，还能听得见掠过耳畔的风声／谁的心就不会迷失方向

这是一首寻找精神故乡的力作。

托语以通心。诗人举目向前，只见故乡在身后，爱人在远方，对擦肩而过的陌生人微笑，对江水拖着移动的群山微笑。诗人内心静水流深，就像是孤独的摇滚，这是多么深沉的痛楚，何等浓重的悲愁！

谁解其中味？尽管如此，"从一座城市走向另一座城市"。世界

依然美丽，诗人的心在流泪，然而，却从容淡定地在路上，在微笑，向着远方极目远眺，他唯有在路上才能看到最壮丽的景致，遇见最好的自己。在路上峰峰是诗，山山可望。诗人唯恐看不够，望不尽。那么，怎样才能化作千个、万个身躯携思想行走？在路上，诗人用敞开、照亮的方式呈现整个世界。这，正是刻骨的，一腔深沉的思乡之情，蕴于婉转含蓄的不尽风味之中。人，生存的第一要义是心有栖居的地方，灵魂有安放的家园。诗人"把千篇一律的旅馆当成家"，情感也随着思绪在内心奔腾。这是一幅平静的大跃动、大推移的画面，构思宏远，诗境高远，是为了寻找精神的故乡而蓄势。这，正是全诗的内核。

人，如何安顿自我生存的家园？海德格尔说过："诗使人达到诗意的存在。"当我们抬头仰望将我们的视域给出一个新的时空，我们便会面对一切而坦然，对自然而微笑。

《在路上》全诗读来令人心动，令人潸然泪下。一首小诗，为何能产生如此强大的艺术感染力呢？这不能不归结到诗人的睿智和浓烈的情感。《在路上》意境开阔，气象深远，可读性很强。

二、内涵丰富，耐人寻味

写诗可以成为生命的存在方式。语言是人类一切创造中的奇观。具体地讲，一首诗不仅是生命"活水"的延续、持存，更是作者生活的一部分，是一个丰盛的生命，滋养另一个"我"的生命丰盛。值得注意的是，诗人霆章诗中的语言可以产生这种精神壮举。故，诗的语言不仅仅是符号，而是一种与灵魂高度的契合体，是诗人精神世界的直接体现。

再如：《选择》

保持前行／你才会知道方向，对不对／跪着的人／头顶上，无所谓有没有星空／因为习惯于逆光／我前行的速度一直很慢／但我从未退缩／顶着嘲笑与质疑／我甚至没有岁月可辩解／像荒原上的石头／将东南西北风的鞭策都当作问候／我知道铁树会开花／我相信天若有情，黄昏／谁还能听得见千军万马的击鼓声／谁就是自己的王／戴着荆棘丛生的桂冠／何惧风雨兼程／我绝不放弃内心深处的落花／纵然流水无意

这首诗辞浅意深，富有哲思。题为《选择》，就是从实际的物理空间出发，再打开梦想与情怀多维度的空间。在诗的世界里，在简化中卓越，诗人霆章便是自己的王！这首诗思接千里，诗人善于立题和捕捉象外之象的意境，对物理空间进行变形处理，使它成为心理空间。

一句"跪着的人／头顶上／无所谓有没有星空／因为习惯于逆光／我前行的速度一直很慢／但我从未退缩。这种空间混合与打开，有限与无限，虚空与实境，抽象与具体之间的画面同时驱动时空，用心俯仰，用眼睛去思索万象和现实的异样。我们可以说，岁月的神谕与流逝是不以人的意志力为转移的。有了这个态度，诗人霆章通过蒙太奇的镜头或远或近，或仰或俯，在两个时间参照系中洞见并解惑如何"选择"的命题。

这，仿佛是一种悖论。尤其是最后一小节："戴着荆棘丛生的桂冠／何惧风雨兼程／我绝不放弃内心深处的落花／纵然流水无意。"不难看出诗家霆章坚韧不拔的精神气质。功夫在诗外。黑格尔说："一个艺术家的地位愈高，他也深刻地表现出心情和灵魂的深度，而这种心情和灵魂的深度，却不是一望而知的，而是要靠艺术家沉浸到外在世界和内在世界中去深入探索才能认识到。"因此，这种饱含情致的跌宕酣畅，使这首诗的结尾十分响亮。一首诗有如此大的张力，

既撞击了诗人的心扉，同时也撞击了读者的心扉！

这，就是《选择》的真正内涵。

诗家王霆章的诗中常带有超时空闭环式的世界或空间感。在现实的描绘之上，又统摄出超现实主义的光影和色彩，使人在阅读欣赏过程中，觉知力提升到另一层时隐时现的天地，这种明暗对应的方式形成了一种强大的力量和激越的情感。言外之意或象外之意，或静止过后的片刻奔突，故而增大了意蕴的容量。回到诗歌本身，实质上，霆章的诗没有落笔惊风雨，但每一个词语都是生命最颤动的文字。诗人故意抽掉逻辑关系的线索，让读者自己去串连。以意驱象，动势行诗，确是一种较高层面的艺术手法，确是优秀之作，值得品味。

三、语境意境，情真思远

天地之间人为贵，我们都是匆匆的过客。然而，孤独给了我们思考的理由。所谓寂寞，其实是一种自我沉浸的审视过后，获得灵魂升华的方式。

诗家霆章的诗一如既往地发挥他的内敛与含蓄。他擅长用自己的体温御寒并与寒风对坐，故忧而不哀，哀而不伤。他总能在人性和诗性中会通，找到出口。我们从《每个人的内心都有一座空城》可以照见，诗歌每一小节的词语，可以说是直接打在人的心律上。

在这里，还是让我们把思考驻足在诗的"意象"中，从生命主体来剖解，可以给出诗歌承揽的全部的终极关怀。整首诗没有一个大词作渲染，亦没有风雅的熟词，反觉字字珠玑。单从意象纷飞的结构中就使我们感到同声相应，又怎不令人泠然而惊，跃然而喜。

每个人都是寂寞的/有的人微笑着寂寞/有的人唱着歌寂寞/

有的人寂寞着寂寞/高朋满座的夜宴之后/此起彼伏的欢声笑语/犹在/他透过残留的殷红酒杯/发现自己最为期待的那个人/始终都没有来/一次也没有/熙熙攘攘的中央车站/大家都在口若悬河地说话/似乎又无人倾听/我捡拾起遗失在座位下的/通往你那里的单程车票/却看到业已过期/你说你是一座空城/经过了那么多人进进出出/仍然是一座空城/你说寂寞/如漫天大雪中的一盏灯/在城市的拐角处/照亮的都是异乡人/每个人的内心都有一座空城/你，我，他，都是过客/无论彼此进入得有多深/我们还是彼此的过客/时辰到了/城门自会洞开/无论风朝哪个方向吹/上路的人都要学会独自上路

这首诗，一境推一境，将一个异乡人心灵的触角从眼前、身边，伸向广阔的时空，在无垠的时空中，隐喻人生短暂，在漫天大雪的一盏灯中，怎能不使自己心中萌发出许多怅惘。诗家霆章大胆运用了"逆反"思维，使诗在理性、内敛与外延之下升华情感与旨归，接着运用相激相生之法，在结构上连成一片，不露痕迹地达到新奇峭拔的境地。很多时候，我们不知不觉成了精神流放者，成了异乡的居民，故乡的异客。时而不知风朝哪个方向吹，时而静坐，抱着无限远的夕阳，在深埋的血脉中，在故乡的边缘流浪与跋涉。此诗就是一笔双写，既抒写了诗人思乡怀人之悲戚，又寄寓了诗人内心一腔感慨。正如彼特拉克（意大利诗人，学者）说过，"孤独有着强烈的爱"。真正的精神思想的优势就是孤独。他认为孤独的生活可以帮助人们逃避渺小和浑噩的灵魂，找到光明之路。

无论空与实的哲思是否是一个深远的哲学话题，还是在诗学语境下，空即实，是两种不同的空间状态。毋庸置疑在量子力学中，没有真正的空，也没有真正的实。宇宙是最空旷但也最丰富的存在，是强调与虚相对的真实。换言之，智慧如太阳，谁能化喧嚣为清明，

谁就站在空的纵深处。一方面，城非城，实非实，空非空，在《每个人的内心都有一座空城》这首诗中呈现出无限的深意。这是何等的旷达啊！拒绝诱惑、喧嚣与浮躁，我们的内心才能充溢饱满。这，没有什么崇高，只有生命体验的真诚抒发，见性见情，带点沉郁。不论内视还是外视，均为统摄。另一方面，一座城如果没有灵魂的处所，没有生命的领悟力，即使再繁华，也是空而苍凉的。法国诗人彼埃尔·勒韦尔迪有一种说法，很有见地。他认为：诗人是潜泳者，他潜入自己思想的最隐秘的深处，去寻找那些高尚的因素，但诗人的手把它们捧到阳光下的时候，它们就结晶了。

在这个浩渺的宇宙中，"你、我、他都是过客"。我们如何领悟个体生命的奥秘并与宇宙万物汇融。这首诗给了读者深远的启示。为了"潜入自己思想最隐秘的深处"，认识自我，探索自己的灵魂，找到那些可以在空与非空中结晶的生命本质和意义。在复现其童心之后，又以一派波澜不惊的气度感知生命激情。在这里，需要强调的是，我们被诗家霆章眼睛里的远阔种下了澄明。

从某种意义上讲，诗中的"空城"除去一角悲凉，还可以象征一种冷静、淡定和沉稳。或许这也是灵魂寂寞后的淬炼，诗人灵魂成熟后的璀璨。

2025 年元月 15 日于上海漱月涌泉轩